啓

盛之 著

启轩

  我们被迫因循一条出生前便摆在面前的路，比如春华秋实，比如朝起暮息、比如覆水难收、比如你、比如静默的守候……

西北工业大学出版社

【内容简介】《启轩》为杂文集,总格调为"启轩读夜色和月吟梦魂"。文集取名《启轩》是想要在喧嚣的尘世里,留一片宁静来唤醒灵魂中关于生命的记忆,那些走过生命、留下痕迹的记忆。文集属杂记类,共有82篇文章,以开启心灵为线索,分为"启轩沉吟"(散文、诗词类)、"启轩禅旅"(游记类)、"启轩清祭"(祭文类)等三个部分。

图书在版编目(CIP)数据

启轩/盛之著.——西安:西北工业大学出版社,2016.8
ISBN 978-7-5612-5046-4

Ⅰ.①启… Ⅱ.①盛… Ⅲ.①杂文集-中国-当代 Ⅳ.①I267.1

中国版本图书馆 CIP 数据核字(2016)第 210721 号

启　　轩		盛之　著

策划编辑:李东红
责任编辑:李东红
封面设计:许　　歌
出版发行:西北工业大学出版社有限公司
通信地址:西安市友谊西路 127 号　　邮编:710072
电　　话:(029)88493844　88491757
网　　址:www.nwpup.com
印　　刷:西安奇良海德印刷有限公司
开　　本:890 mm×1 240 mm　　1/32
印　　张:9.625
字　　数:146 千字
版　　次:2016 年 8 月第 1 版
印　　次:2016 年 8 月第 1 次印刷
书　　号:ISBN 978-7-5612-5046-4
定　　价:33.00 元

版权专有　　侵权必究

谨以此书献给我的母亲
——我生命里的唯一

  于我的记忆里，母亲对我从来没有提出过什么过高的要求，无论在哪一方面都是如此。如果说她对我的未来偶尔提出过什么设想，也只是轻描淡写地说过："假如你能够写一手漂亮的字或者能够写一手漂亮的文章就好了。"于是，自我六岁起，张浩舅舅便在母亲的示意下，每天给我讲解一段唐诗让我背诵，进而宋词，进而历史故事——这些原本对于六七岁的我来说是极端令人烦恼的事情。当时我还年幼，只喜欢跳舞，这恐怕是身为舞蹈演员的母亲遗传给我的基因所起的作用。因此，我曾经很认真地问过母亲,背诵这些唐诗到底能干什么啊,是不是长大以后背诵给别人就好了,就不用跳舞了。答案当然是否定的,而且是全盘否定的。妈妈告诉我背诗不是未来的职业,舞蹈也不是。于是,我只能接受了,并偷偷猜想这一切很有可能是妈妈的梦想吧。也曾一度非常努力地希望能实现她的梦想。然而,很惭愧,无论是写字还是写作,我在这两方面的才能,一直没有能够使母亲在世的时候引以为傲,这着实令我内疚了很久。

2014年1月14日,母亲终于放弃了我,永远地离开了。她走时是否带着这些遗憾,虽然不得而知,但却注定了我往后的日子必将为此付出所有的一切。

我在努力。妈妈,您知道吗?

当我决定在自己生命的最后时间里一定要为母亲做点什么的时候,能够想起来的第一件事情就是汇编这本杂文集。因为这本杂文集里的所有文章都是妈妈阅读过的,有的甚至参与过,都是她留给我的最鲜活的记忆。因此,我耗去了近十个月的时间搜集和整理了这个集子,希望能够在她一周年后的第一个生日出版发行。书里面的内容都是二十年来的点点滴滴,虽说没有什么好的文笔,但却是我当时写作水平的一个记忆,相信母亲一定不会嫌弃的,她生前就从来不愿因为过高地要求我而给我带来压力,在这点上我坚信以后也不会,对于这本书亦然。

也曾小心翼翼地邀请我的启蒙老师为这本集子作序,然而,老师委婉地告诉我,为了这本书的前途,我应该去找那些名家、大家来作序。我没有那么做。我认为,名家、大家不可能理解我手里捧着的不是一本书,而是一颗跳动着的心,是一份爱、一段母女生活的缩影。我要的是灵魂与灵魂的交流、血肉与血肉的对话,而不是"站在文法的角度上这句话应该怎么说""站在写作手法的角度上那件事情应当如何描述"。不,我要的不是这些。因为这集子原本也不是为了使笔者成为文豪或者作家而成的,是为了我的思念和爱而作的——也只是希望有一个能够了解这份爱的人共呼吸而已。由此,我决定自己作序,决定用自己的笔将这颗活泼跳动的心、这份赤诚的爱呈现给我最爱的母亲。

我在努力。妈妈,您知道吗?

是母亲开启了我的人生,是母亲开启了我的智慧,是母亲开启了我对人生的认识和感悟,因而,我将此书命名为"启轩"。在《启轩》这本集子里,摘录了一些平实的故事——也有我从二十一岁起离开西安去漂泊的一些关于异乡山水的记录,这些都是我个人对生活的感受、对人生的体验、对生命的探索,而故事里总也离不开母亲对我生命的启迪。我很认真地生活着,很认真地尝试着每一次探险,也很认真地记录下每一段经历,为的是母亲那句话:"对任何事情都要认真对待,用心去做,用爱去做,这样你将来回顾时才不会后悔。"

　　我在努力。妈妈,您知道吗?

　　妈妈,您走了,我的世界随之而沉默,只有回忆中的这些文字,犹如断断续续的春雨,轻轻敲打着枝头嫩嫩的绿芽,声音清晰而柔软。我整日流连在这温暖的回忆里,越是思念,越是暗下决心:努力做好您希望我做的一切,然后,愉快地谢幕!

　　妈妈,我一直努力着。我相信您一定都知道!

晓雨
乙未年正月十五于长安

笔者注:

作者张洋,字盛之,号希夷山人,小名晓雨。

目录

启轩沉吟　启轩听雨乱花枝

散文

辛巳年换世之忆 / 3

浅春 / 6

不打紧，慢慢来，左右是消磨 / 8

外公的菜单 / 10

戊子年冬至 / 17

醉饺子 / 22

渊 / 25

初吻 / 28

秋 / 32

我的农场我的玫瑰园 / 39

立冬（随笔一）/ 42

立冬（随笔二）/ 45

冬雨 / 47

不眠夜 / 50

初雪——传说的记忆 / 52

谁，乱了她的心事 / 54

不过如此 / 57

垂涎三尺 / 60

那一池吹皱的春水 / 63

尴尬的季候 / 65

素瓷传静夜，芳气满闲轩 / 67

晒砚 / 69

淡如水的公式 / 72

里约听海 / 74

江畔，月亮将我的心愿搁浅 / 77

立春 / 79

姐，我可以爱你吗 / 81

你就是我 / 84

我下了地狱 / 88

第一人称 / 91

2002年的冬季 / 95

究竟的烦恼 / 101

二胡 / 104

本能 / 108

网络上那些人那些诗（一）/ 114

网络上那些人那些诗（二）/ 118

网络上那些人那些诗（三）/ 124

网络上那些人那些诗（四）/ 127

诗赋

听雨 / 131

失眠（一）/ 133

失眠（二）/ 135

失眠（三）/ 137

一茶一玉 / 138

点绛唇 / 140

沉醉东风 / 141

冬夜思 / 142

狼 / 143

破阵子 / 145

秋夜柳 / 146

清唱 / 147

秋望长安 / 148

袁家村 / 150

谒金门 / 152

容我偷闲 / 153

甲午年重阳忆母 / 155

殇 / 157

忆江南 / 158

霸王 / 159

不该忘的 / 160

黄河谣 / 162

芦苇笛为谁响起 / 165

童年是一座小城 / 167

无题 / 169

夜风 / 171

启轩禅旅　　轩外红尘倦笔墨

黄山游记 / 175

王家大院 / 211

平遥之旅 / 216

登鹳雀楼 / 219

甘南杂记 / 221

启轩清祭

轩内卧枝冷香魂

2007祭父文 / 253

2008年祭文 / 255

癸巳祭父文 / 259

告灵魂书 / 261

扫香丘 / 263

祭母文 / 265

长相思 / 267

孤雁儿 / 268

乌夜啼 / 269

蝶恋花 / 270

声声慢 / 271

诉衷情 / 272

1998年信札录 / 273

曲水流觞

Mr. Cigar(网名)
马科,男,1983年出生,现居重庆。

风花雪月(网名)
刘海,又名刘春华。男,1975年出生,现居黑龙江。

启轩沉吟
——启轩听雨乱花枝

辛巳年换世之忆

除夕,瑞雪凑兴。因凛冽,众无出户览市者,皆闭门小饮以待新年。家母兴起,品茗之余,忽吟一律绝之领句,吾与弟争相应之。家母暗示以雪为茶令,出众者可多得一杯名品,而劣势者则将勤劳服侍众人之饮。

(家母):雪若梨花漫天舞

(晓雨):茶似琼浆香盈户

(晓雨):寻常一样辞旧岁

(晓雨):唯有诗赋来相顾

弟幼者不敢与吾争先,此番,余稳操胜谱。然,再者,其竟不肯相让了。

(家母):除夕迎来鬓华发

(晓雨):故事幽闭小人家

(晨儿):低诉往昔旧日夜

（晨儿）：苍天亦感降梨花

是时，茶者无人料理，家母从旁自斟酌，吾与弟愈争愈烈。

（晨儿）：墨云霾日千里翻

（晨儿）：枯树冰花一夜寒

（晓雨）：忽闻仙乐翩将至

（晓雨）：雪色素身抚冬弦

听闻此绝，家母抿嘴暗笑。不意，有同窗来探，分明来龙去脉，便也加入进来，口中念念有词，以为先出手者得优势。

（东东）：昨夜天宫梨花开

（晓雨）：旧友新朋入堂来

（晓雨）：凭风问雪春何在

（晓雨）：尺方陶艺小盆栽

随口便有，得意之处，自斟一道。忽闻手机铃声大作，便将原委告知千里外友人。友人甚喜，亦要求加入，便作难他先出一句，不曾想，竟被家母取笑。

（晓雨）：一道沁脾二道浓

（阿林）：品罢毛尖泡乌龙

（东东）：甘茗玉酿皆尤物

（家母）：滑润落腹频出恭

家母见气氛融融，下厨显艺，稍许，便有小菜助兴。

佳肴扑面,碟满岂能无酒?于是乎,同窗、家弟,便也诗仙诗圣之百态尽现。更有甚者,相约与之退靴。一时间,太白醉卧,贵妃力士尽皆粉墨登场,好不热闹。

吟雪未停,又传南国佳音。

(阿林):朗朗晴空现彩霞

(晓雨):燕舞莺啼溪满花

(晓雨):蝶戏庄周北国梦

(晓雨):雪著盛装南国葩

岂有服输之理,推敲速复,以取北人之尊严。然喧闹之庆者,愈甚,借以茶令换酒令,以尽讲古人之轶事趣闻替了作诗。不觉中,已过子时许久。

深夜,霜染墨蓝,万籁屏息,唯有飘雪,尾随友人归影,簇簇然不肯离去。目光所能及处,一片安详。

吾弟临窗,忽有感慨,奋笔挥毫,掷一小作《水调歌头·晨儿》。弟幼,然有此感此句已算是有所历练了。家母阅罢,微颔之。

雪洗器尘静,风约紫云添。古城把酒对饮,不觉送旧年。日月星辰难以,春夏秋冬依然,世事多变幻。唯叹独无力,人何不是仙。茶渐稀,杯现底,夜阑珊。醉卧高台,同庄周梦回从前。笑纳众生百态,湖海平生义气,怎奈总无全。百花皆落时,羡梅傲凡间。

呜呼,换世之隙,有此为忆,夫复何求!

浅　春

　　浅春二字得如至宝,因它符合窗外的景致,符合柳枝上那细嫩的绿芽,符合残冬未尽处那薄薄的春雨,符合在料峭中已急不可耐换上春装的年轻的心。尽管,我确乎是不该用这样的文字来牵惹您的情怀,然而,不得不说的是,春天,果然来了。

　　总有些未做透的梦,总有些未释怀的情,可这些于窗外初绽的春意又有何干呢。梦,权且留在枕边;情,暂时夹在隐秘的日记本里,收藏好一切长吟短叹,放眼窗外的生机,您也许会恰巧明白我缘何于此处不再咏怀冬季了吧。吟雪之词,固然娴雅,却远不及浅春之景所撩拨得欢欣动人。当下,您或许会斥责道:冬便是冬,春便是春,搞出如许名堂来做什么!

斥责得好！然而，您有所不知，冬天尽管是沉默的，可那白茫茫的雪却能够将这沉默干干净净地划分成两个互为因果的情感世界，使冬天的寒冷充满了睿智和深情。而春的境遇则大不相同了，仅从聒碎清晓的雀鸣声中，您便可以轻而易举地感受到别样的情怀。

衔浅春而歌的雀儿是兴奋的，如情窦初开的少年，欢愉着一路唱亮整个天际。还嫌不过瘾，便飞舞欢蹈地传递起春的消息。这声音是明快的，是流畅的，是招人怜爱的。

谁知春意渐浓了，雀儿却正正经经地纳闷了，他们不可理解：人们为什么在暖春中唉声叹气？他们不可理解：难道忙碌不是生命的主题？这时的声音是迟疑的，是时断时续的，是惹人同情的。

当春天变成一场沉沉的梦，雀儿终于明白了这梦里果真是挥不去、写不尽的辛酸，果真是所有悲欢离合的故事开始的地方。于是乎，鸣叫的嗓音也随之变得低沉婉转且富有磁性了。

您或许也与我一样有一晌沉沉的梦吧。料定您也已把黯然与惆怅的字词深埋在梦中，因了我相信您也与我一样，认为那一清如水的梦最容易被啼破。

诚然，我也绝非有意用这些文字来牵惹您的情怀。人们自当是欢欣的，在这浅春的季节，恰如那雀儿一样。

不打紧,慢慢来,左右是消磨

  光线从对面十楼第六扇窗反射过来,穿越繁华的街道,拨开顽强的杨树叶,静静地落在我的眼底。如此坦荡而开放地接纳这美丽的使者,已经不是偶尔的事了。整个春季,寻找它、捕捉它、看着它在我面前展示魅力成了一种浑然的享受。
  "不打紧,慢慢来,左右是消磨",谁料,不经意间脑海中竟又闪过这句话。
  诚然,此番便是为劝诱那片善变的光线而说的。继而想起了昨晚与友人聊天,自己也曾三番五次地说过这句话的,当时,也有如现在这般语出之后神情落寞的感受。
  时间于我,真的富裕到了如此程度吗?
  也曾有那么一段时光,我常常挽着时间的臂膀撒娇,悄悄地对他耳语着自己的希望。对他说过我想要如

此,进而,还想要那般……每于此刻,时间总是半推半就地回道:"不打紧,慢慢来,左右是消磨。"那时的我是拥有他的,故而对此种回复亦欣然接受。如今,这温和的情人,渐渐开始疏远了,使我常背着他暗地里揣测,那以往的他极有可能都是在敷衍我,而我,是否有理由也用这样的话来敷衍自己?

我是懂得草木枯荣、气候寒暑、生命延续、精神永恒、一切都需要时间做前提的,就仿如被我常常盯着出神的那栋大厦十层的第六扇玻璃窗上的反光,它的如梦如幻需要的是太阳的脚步,时间,便是这步伐的刻度。

很难臆测十年之后,这片小小的反光会是什么样子,是否会有什么人依然如我般迷恋它?难道说,就连这小小的、精致的反光也是我那温和的情人敷衍我的言语?

我不知道自己正在失去着什么。

同样,也不了解自己得到了什么,而得到了又如何。

光线,依然在,不过是换了四十五度角。

不打紧,慢慢来,左右是消磨。

笔者注:

一直在思考生命中能够说得出的"又如何",就如同生命本身:活着又如何,于人类有什么作用?于文明有什么作用?死了又能如何?难道就有了作用?存在的一定都是有作用的吗?有了作用,又如何?等等。

外公的菜单

于记忆里,儿时的春节是一定到外公家吃年夜饭的。而每每印象最深的除了丰盛的菜肴外,便是外公那提前开出的菜单。

外公原籍陕西城固,祖上系汉博望侯张骞之后。20世纪30年代,外公毕业于西安医药专科学校,后于军中从医,其一生随军走南闯北,足迹遍及苏、皖、湘、鄂等地,后在陕定居。因而,对各地饮食文化习俗了解颇深,加之自己也颇有研究,渐渐地在小圈子里有了美食家的称号。

美食家的称号并非浪得虚名。每逢年节或因故宴请宾朋,外公必请当年的老字号饭庄"老万兴"或"聚丰园"的大厨在家中打理。虽然这些师傅都是声名了得的

专业厨师,但菜单却是由外公提前亲自列出,不容许其他人擅自修改。因了外公认为一个家庭的饮食文化应具备其家族的背景个性,不应该由外人插手,故而,他一直坚持由自己或家人拟定菜单。迄今想来,外公的菜单,不仅有美妙传奇的菜品名称,在制作工序上也颇有讲究,同时每道菜的用料、配色,甚至上菜的程序和盛菜的器皿以及如何造型都有严格的要求。每次来家里掌勺的大厨师们尽管各有专长,但对外公开出的菜单及外公于制作过程的各种要求等,皆敬佩有加。

谈及外公的菜单,令人难忘的应是那些故事般的菜名。那时年幼,只觉得外公家里年三十的菜名听起来都和别人家的不同,或好玩,或馋人,或像一首歌,或如一个美丽的传说,每年都不大相同的,但是吃过后,却发现所吃的都与往年差不了多少。为此,我总是跟在外公后面问为什么,为什么去年这个菜叫那个名字,今年这个菜又不是相同的名字了。每于此时,外公便笑得前仰后合,然后,抱着我问:"那你先说说看,这些菜好吃不?"

我定是回答他"好吃"的。

接着他必是问我,这些个名字好听不。

我当然说好。

外公就说:"这就对了。你喜欢就好,明年啊,外公把做菜的程序或调料稍加改动,你就会听到一个更好的名字了。当然啦,如果你能够想出一个好听的名字来,就让大师傅把你的菜也做了来,作为正式的菜,好不好?还奖赏你喝一大杯葡萄酒。"这里必须声明的是,外公把每年给我喝一些葡萄酒,然后观看我酒后在床上为大家表演节目当作是过年的压轴戏的。

听了外公的话,于是我开始盼着第二年的春节快点到,盼着自己因能想出好听的菜名而给家里上一道新菜,渐渐地,起个好菜名成了我小小心灵里一个久久的秘密。

世易时移,外公的菜单至今多已淡出我的记忆,唯有九岁那年外公请客的阵容,还依稀记得。外公因蒙冤六年,恰在那年得以昭雪,恭喜探望的人群络绎不绝,老人家心中自是欢欣,加借春节之喜,心境所致,便决定于家中设宴答谢众友。那一年的好几道菜都给我留下了极深的印象,之后曾几次回想,都不能完整记忆起来,经多次与我的小舅舅(外公宴请之时的主力帮厨)讨论,终于还原了那日的菜谱,全家人得知亦是喜不自禁。

外公的菜单较为考究,通常由酒菜、饭菜、甜品三大类依次组成,上菜顺序是不可以打乱的。其中酒菜里又分凉菜、热菜、大菜三个层次。大菜是我们家族的叫法,我们把每一年的酒菜最后那些"一盘菜就是一道菜"的叫作大菜。也就是说这三个层次的菜用完,才可撤酒

具,正经进食。进食的时候更有专门的饭菜来搭配。上菜的顺序亘古不变,而名称却千变万化。

那年的菜单应是这样的:

一、酒菜

1. 一马踏四营(凉菜)／八寸盘／齐上

①孔雀开屏——松花变蛋和鹌鹑蛋(造型成孔雀开屏状)

②踏雪寻梅——姜末干辣椒炝莲菜(姜末之黄与干辣椒之红谓之腊梅)

③秦王戏龙——西芹腐竹(以腐竹型造成盘龙状)

④蚂蚁盘山——麻油粉丝(撒黑芝麻)

⑤平芜尽处是春山——大拼盘(猪肝、口条、香肠、火腿,造型,一尺平盘)

2. 东西南北风(热菜)／八寸盘／齐上

①荷塘月色——(徽菜)干炸藕荷

②仙君泛舟——(陕菜,由烩三鲜改良)海参(谓之鲜)、余丸子(谓之鲜)、油发肉皮、冬笋(谓之菌)。用高汤打底,装一尺汤盘

③平地一声雷——(湘菜)锅巴腰花

④银针盖被——(京菜)鸡蛋做成煎饼两张,绿豆芽排列整齐置于其间,切块,涂粉芡过油后装盘

3. 游龙戏凤(大菜/单上)

①(西凤)火焰鱼——(陕菜)一盘两味。约两斤半活鲤鱼,一分为二;头部红烧,尾部糖醋,一尺五寸大鱼盘,装盘后按客人位数,用小高脚玻璃杯(三钱杯)倒入白酒绕鱼一周放置,上桌前点燃杯中白酒关闭灯光,蓝焰映盘,效果甚佳

②蓑衣雪原——(鄂菜)珍珠丸子/一尺大平盘(上桌前淋香油少许)

③百鸟朝凤—— 香酥全鸡/一尺大平盘(以炸好的鹌鹑翅膀绕鸡一周)

上白开水涮洗筷匙

④八仙拜佛——(陕菜)八宝饭。花生仁、核桃仁、百合、莲子、蜜枣、山楂糕、葡萄干、青红丝(造型/猪油勾芡装盘)

上白开水涮洗筷匙

⑤金舫游湖——蛋饺(谓之舫)、海虾、白菜心少许,装汤碗上

二、饭菜／八寸盘／齐上

1. 金砖白玉板,红嘴绿鹦哥——菠菜豆腐(豆腐一面煎黄,配整棵嫩菠菜)

2. 竹林会友——蒜苔炒腊肉(配笋片少许)

3. 春色满园——花菇青菜(造型装盘)

4. 杂英芳甸——青椒榨菜肉丝

上白开水涮洗筷匙

三、甜品

1. 珍珠白玉羹——米酒元宵／大汤碗。用糯米球勾芡加樱桃或山楂糕

2. 寿星聚会——广东三糊（芝麻、花生、核桃糊）／三个独立小汤碗／齐上

如今，外公已去世多年，年夜饭也大多在酒店订制，每与舅舅们相聚之时，总会想起外公家的除夕之夜和厨房里那彰显各地饮食文化的菜单。诚然，外公的菜单阵容是万难继承了，然而，那些菜名的风格我却牢记在心。今年，我就计划给妈妈一个意外的惊喜，虽说简约却也略有家族风范。

先来说说我的凉菜：

秦王破阵（西芹红油耳片）

华山三剑客（凉拌三丝）

冰晶玉肌（冻肉）

包拯断案（酱香牛腱子）

蛟龙戏虾（虾肉白菜卷）

一日看尽长安花（麻酱肘花）

红裙妒杀石榴娃（油炸花生米）

纵死犹闻侠骨香（香酥排骨）

再来看看我的热菜：

踏雪寻梅(姜汁藕片)

荷塘月色(藕荷)

凤栖梧桐(甜笋红烧鸡块)

玉带瑶柱(蒜蓉带子)

龙王出巡(蒸蟹)

孟姜女寻夫(蚝油生菜)

海底总动员(烩三鲜)

公主品佳肴(上汤娃娃菜)

补天石(石斑鱼)

虎踞深涧(淮山猪骨汤)

给自己斟上一大杯葡萄酒,看着这样的菜谱,想着妈妈惊讶的表情和外公外婆的微笑,即便是不吃,我也享受其中了。

戊子年冬至

显然,窗外的寒冷已与室内的温暖,展开了一场不动声色的较量。

今日,冬至。

当阴郁的光线从窗台的一角悄悄退去黑夜的帷幕时,我明白,又是一年的寒冷降临了。

母亲好兴致,大早起来表示愿意给我梳头发。看着她业已生疏的编辫子手法,我意识到,自己的确已经长大,很久都没有依靠过她编头发了,这不能不算是一种成长中最悲凉的感受。于是,我刁难她,总也说不如意,她竟不厌其烦,我也美在其中。就这样,早晨的大部分光景,除了准备饺子,基本上都用在我的辫子上了,不胜乐哉!

沏茶,绣花,依在窗边欣赏室外寒冷世界。

风卷着各种各样的小玩意,在院子里的花坛上飞舞着,像是不知愁的盛宴中的女郎,使得旁观者不忍想象,那盛宴散去,风姑娘会否感觉到凄凉。

为了打破眼前景致带来的寥落感,我在温暖的窗户里面,给母亲描述了我去年的冬至。我绘声绘色地讲述自己是如何在日落影斜之时,取了三两红葡萄酒,用了五钱的黑米醋腌制了松花蛋,然后,对着夕阳吟诵思乡的。每每也总是有意无意地浓重且突出那个略有寒意但无人相伴的感觉。当我看到母亲泪水盈眶的时候,我知道,自己的目的达到了。其实,说一千道一万,原本就是想让她多心疼我的,就如现在这样。当然,也只有在这样的氛围下,我才好意思腻着她的怀抱不放。

友人忽然致电说汽车在鄂尔多斯结冻了,继而,也表示正好有借口去会见他在大草原上的丽人。我不禁偷笑,看来,无论是身处温暖,还是天寒地冻,我们要做的,都只是给自己的撒欢找个借口而已。

电话再次响起时,我得到友人这样一曲:

　　天净沙·冬至
　　　　——东东
　　长河孤烟落日
　　大漠枯草黄沙
　　残雪秦砖宋瓦

断肠倦旅

绵绵相思无涯

后注为:谨以此曲献给西安的丽人!

我虽知自己绝非他西安的丽人,可我绝对有把握他是希望我如此认为的。因此,在母亲的指点下,特地和了一曲以应实景,全作凑趣。

天净沙·冬至
——晓雨

灞河垂柳风煞

百火戏食新茶

炉前美酒赏画

燕走谁家

长安人在天涯

朋友收到后,表示开怀之至,母亲道:也好,算是对冬至有了个交代。

开心之余,将友人与自己的拙作放在网上,且想抛一砖便得一玉,于是,得到了箭弛的和曲。

天净沙·冬至
——箭弛①

古道西风愁雨

汉阳落日奇葩

松雪攀擎弯钩

颂词圆曲

举盏抖起庭花

该曲并无后缀之示,想来也全是凑趣而已。旋即,那快乐的小燕子,也出了一首,合情合景,甚是令人欣喜。

天净沙·冬至

——云中燕②

寒冬时节品茶

伴有美酒佳画

惬意使人羡煞

燕至弯家

悠悠相思无涯

文章既已放出,自然有朋友来捧场。敏姐姐③倒是宽宏,只嗔我撒娇耍赖,沸点④却怪我劳累了母亲。最支持我的还是推土机⑤大哥,他声援了我的行为,让我顿觉有理由明年可以接着耍赖了。

天净沙·冬至

——推土机

去年他乡冬至

夕阳孤旅天涯

今朝撒娇辫发

莱子新嬉

重温慈母泪花

没想到，一声呐喊，引来八方支援，知⑥兄也来出手帮我，并郑重其事留下前言：冬至，经才女温婉道来却也别有一番景象。按捺不住，便也凑凑热闹。

天净沙·冬至
——知乎者也

小女沏茶绣花

理鬓嗔怪老妈

情景如词如画

海角天涯

长安尽现荣华

想来睡意如潮⑦和我有同样的感受，于是便有了"三杯两盏淡酒，谢他酒朋诗友"……的文字。

风姑娘，依然在窗外舞个不停。她哪里晓得，在温暖的窗户里面，因为有了朋友们的凑兴，这看来平凡的冬至，竟也成了一幅佳画。

笔者注：
①②③④⑤⑥⑦网友名。

醉　饺　子

又是冬至,一个寒冷降临的节气,我却身在南方。

于意愿下,对冬天能够接受的最大底线也就是这个节日了,或许身体对抵御寒冷还有更大的潜质也未可知,然而,我实在不愿去想象那份忍耐。在北面,那广袤的黄土高坡上,不难想象,季候正在日渐严肃起来,一丝不苟地将东风请走,有条不紊地将雪花迎了过去。每当想起那强劲的西北风从脖子不由分说地灌入,后又流窜进好容易存了点温度的毛衣里时,我就不寒而栗,深感

冬天太过严肃,严肃到了连温暖都变成一种奢侈品。

然而,如逢下雪却是极美的,在雪中漫步也是极富享受的,在冬至的时候吃饺子,更是此节日的极致。

饺子当然有很多种吃法。最普通的烹饪方式有煮、煎两种,但是饺子馅却是不拘一格的,只要你有想象力,就会有各种各样的饺子,这些在西安的饺子宴中已经体现得淋漓尽致了,且不说口感,单就只论饺子种类的数量就够吓人一跳的了。

我是没有什么想象力的那种人,当然,主要是针对调饺子馅而言,于是只好去超市买了500克芹菜鸡肉馅的成品饺子,回来煮煮便吃了。不为别的,只为那个民俗:冬至不吃饺子会冻耳朵的。

自有记忆以来,每逢过冬至的时候都和妈妈一起吃饺子,因此,幸运的我,由于有了妈妈包的饺子而没有一年冻过耳朵。长大以后,吃饺子成了我另有

Mr. Cigar 1:
我第一次看见雪是在1993年,大概三年级,一个班在沙坪公园打雪仗,这在重庆主城是罕见的。

Mr. Cigar 2:
作为南方人我却偏爱面食,除了重庆小面、凉面以外,饺子、抄手(馄饨)、陕西的宽面和凉皮儿等都是我的最爱。虽爱辣椒,但我吃饺子从不拌辣子抑或蘸醋,原味儿就是最好的作料。

Mr. Cigar 3:
以后有喝酒的借口了。

Mr. Cigar 4:
酒同情合,食同味合,友同义合,岂能不醉人。

"图谋"的借口,就是那句——饺子就酒,越喝越有!多好的兆头,一定要喝!真是感谢古人,感谢俗语,我才能总是给自己一些借口吃饺子,又因为吃饺子而有了更多的乐趣。

酒斟上了,滑滑的落下,想起了"大清花"。

去年回西安的时候,友人带我一起去了一个名叫"大清花"的馆子吃饺子,那里的酒,是自酿的烧酒,入口口感很好,却容易醉人;那里的饺子是很大个头的,味道很家常,很好吃,好吃得也醉人;当然,朋友是发小,甜言蜜语更好听,听得更醉人。

明年冬至,我若能回西安去,一定要邀请朋友们聚聚,不为别的,只为这冬至的醉饺子。

渊

黄昏美丽且令人心旷神怡。

独坐在这世界的边缘,看斜阳悄然退去,由得自己尽情地爱上天边那抹清淡的晚霞。

独坐是无声的,色彩却不失时机地聚拢过来,有云朵上若明若暗的酱紫色,有轻风中若有若无的鹅黄色,有婆娑的树叶上婀娜袅袅的绿色风情,有潺潺的河水里勾魂摄魄的粼粼波光。不消说,这样的色彩,是一幅画,是一幅无声的美丽的图画。

于这幅图画里,我悄悄地扮演了一个一掷千金的博客,这豪赌的举动,压上的是时间,得到的能是什么?

电脑的屏幕还在静静地等待着,此刻,我竟然感觉到屏幕里面的是一个无法探知的深渊。

传说,那个叫作宇宙的空间里有一个气宇轩昂的星座,叫猎户座,它的光线到达地球需要几个世纪。认真推算一下情况应当是这样的:当我们放下庸庸碌碌的繁忙,走进静谧的夜色,抬头所见的美丽却是距今几个世纪前的影像。

如此说来,时光,似乎是真的可以倒流了。

时光果真可以倒流吗?那么当下,于这美丽的黄昏,于这屏幕的那端,是否也会有一双眼睛像我偶尔能看到猎户座一般,无意中捕捉到了我呢?这双眼睛是否就是我前生的缘呢?

确乎应是前生的缘。

游离在这寂静的网络里,感受着这悦心的黄昏,脑海里铺陈着闪烁的思念,这思念是豪掷的筹码,为的是要赢回那几个世纪前偶尔的缘。

轻风徐徐,黄昏绮丽,我独坐在这世界的边缘,很想知道,屏幕的那边到底是不是一个无法探知的深渊。

笔者注:

自从沉迷于"平行宇宙论""多维论"后,我忽然觉得,一切都那么索然,用有点禅慧的词语来形容,应是:我们活着,却有可能是一种全息现象。

当然,这三方面不能简单混淆,却也大同小异。于是,人生也自然而然地变成了一种"渊",一种黑洞一样的漩涡,种种全息影像都可能出现的

场,一切的不真实都有可能在我们眼里变得真实。

惧怕油然而生。

于是,我开始想到要渐渐抽离,想到逃离和摆脱这样的坠入。终于,就在这个美丽的黄昏,开始意识到:人的思考才是真正的渊。

初 吻

> Mr. Cigar 1:
> 初吻的记忆就像3D画面一样历历在目。

　　1989年,一个炎热的,百无聊赖的夏季。

　　北方的天气总是像北方男人的性格一样,执着且不会婉转,炎热而无聊的夏季在第一声蝉鸣之后就毫无遮掩地拉开了屈蒙三季的面纱。河堤两岸的垂柳,被恶毒的酷热蒸得喘不过气来,无精打采地将腰身躬得很低。挨不住炙烤的人们进进出出、反反复复地从热浪中躲进空调室里,终因太久没有新鲜空气又横下心硬挺出室外来,最终要忍耐那汗水恣意地流淌在颈项和脊梁

上。各大工厂因为高温宣布休假一日；公交公司的司机们一边口里不停地小声埋怨着那些木然的、不顾酷暑奔波搭乘的人们，一边拼命地啜饮着手边那永远也无法放凉的茶水。

整个夏季陷入一片蕴藏着埋怨和无奈的沉闷之中。

这种沉闷带了一种诡异的空静，使得蝉蛙们得到了一个表现的舞台，谁料，它们单调的歌喉却给这个城市增添了一份无所事事的无聊氛围。

太阳终于在证明了自己不受欢迎的事实之后知趣地落山了。都市特有的喧闹声谨慎地伴着似有似无的晚风，犹如倍受欢迎的小夜曲，从一个角落悄悄哼唱到另一个角落，渐渐地，在向晚时分，城市从沉闷中欢悦地苏醒过来。

那是一个难忘的夏季。在热浪与晚风纠缠戏耍的黄昏，他，提议到城东霸河水库的堤坝上去散步。

Mr. Cigar 2：
　　重庆把硬座的普通公交称作"板板车"，这是夏天的移动"桑拿房"。

Mr. Cigar 3：
　　调皮的柳条，你偏偏要隔在两人之间。

Mr. Cigar 4：
　　人与柳枝都那么多情。背谁好？面谁好？

Mr. Cigar 5：
　　灞上垂绦万千层，扶柳摇步影婷婷。晚风缠得男儿醉，若将弯月作满弓。

　　我们漫步在柳枝间，偶尔驻足远眺，时而信手弄枝。灞河两岸的柳树在我的依偎下显得多了一份关怀。这时，他轻轻地扶住我身边的柳条，大胆的眼光竟直勾勾地看着我，像是仲夏夜里清凉的月色——勾魂摄魄。慌乱中，我躲避着背过身去，却埋怨那多情的柳枝太过肆无忌惮。

　　这时，淘气的晚风将他的双臂从背后送到我的腰间。略有意外，急忙转过身时，他滚烫的嘴唇急促地在我的双唇上轻轻地碰了碰。

　　我愣住了，一时间似乎没有了呼吸，不知所措地看着他。而他，却一样不知所措地、似乎还有点难为情地看着我，低声问了句："有什么感觉？"

　　听他这么一问，我面颊上一时间涌起一阵火辣，向他摇摇头低声说："没有，只是有点心慌。"尽管嘴里如此回答，可心里还是七上八下地似乎在等待着什么，并悄悄地埋怨这个北方的男人，竟然像北方的夏季一样沉闷，难道

就没有别的话可问了么?这样的问答,让别人看起来,会不会觉得两个人都很傻?

他双目定定地望着我,我也久久地将他的眼神锁在自己的视线里。长时间的凝视之后,两个人都会心地偷笑了,如同两个原谅自己无知的小孩子,彼此传递的眼神里充满了歉意与理解。

以后的整个晚上,我们都没有再提那件事。但是从直觉上能够感受到,大家都希望下次会再浪漫些。

那是一个炎热的、人们无所适从的夏季。他,给了我初吻。

Mr. Cigar 6:
At the touch of love, everyone becomes a poet. (Plato)

秋
——记忆的故事

年轻的时候,对秋的感受是不同的,再早些,几乎谈不上感受。而今,每每遇到秋季,就像遇到了久违的朋友,它有着我熟悉的过去,同时带着我看不清的未来。

又是深秋。

于我的记忆,秋是一定要分南北的。

南方的秋犹如一场短小而精彩的音乐会。当你双目紧闭,任由大提琴的旋律将古树上的枝叶拨黄;当你放松身

上的每一个细胞,任由那钢琴将一片片荒叶于你身边舞起飘荡。妙于此时,你知道秋来了,然而,你一定不曾料到,主持人却宣布音乐会结束了。由得你流连忘返,由得你心如雀动,秋,就这样悄悄地隐没了。

北方的秋却是十分不同的,它在我的脑际里简直是一个塞满了太多美丽图片的大型图书馆。琳琅满目而略显杂乱无章,心旷神怡且充满诱惑幻想。你若想在这样的图书馆里调阅一两档旧日的记忆,那你一定要花上毕生的时间来浏览一个长若黄河般的目录。那不是智者的行为,我选择在这样的深秋,放慢了脚步,随性地到处看看,或许偶遇一两本惹得自己要去翻阅的回想,便也省去了查阅那黄河般悠长目录的力气。

确有偶拾。那是记忆的角落里一枚发暗的红枫叶。故事简单,但却被这枫叶蒙上了一层神秘的浪漫。

十九岁的深秋,瑟瑟的风追着厚厚的云,如果不紧跑两步的话,恐怕那体

Mr. Cigar 1：
　　枫叶还在,内心却不再随它而起落。

> Mr. Cigar 2：
> 　　缓解气氛直接搭讪，但似乎事先安排了善意的邂逅。

> Mr. Cigar 3：
> 　　果然如此，青年的书包里装满了要说的话。

温也要被风儿带去给云儿作了礼物。从车子棚①里跑出来，我看见隔壁单元的一个大哥哥站在车棚门口。听到我的脚步，他回过身来，看着我，很认真。我被他一时的严肃认真劲儿吓住了，也停下来，看着他。他冲我笑笑，然后说："我是四单元的。"

"嗯！"我拼命点头，表示自己很认真地在听。

他咧开嘴笑了，在我头上轻拍了一下说："别紧张，紧张的应该是我。"

这次我却不知道该不该点头，因而，只是看着他。

他说："把这个书包拿回去，里面的东西你慢慢看，看完后记得给我说说你的感想。"说完，他把书包挂在我的肩上，转身要走，又转回来说："看完要还给我。记得，别……太紧张……"于是决然而去，好像走慢点我会叫住他似的。

随后的一个月里，我认真地阅读了一个署名为哲②的人写的日记。日记的

内容多数是他对一个不知姓名的、二单元的小姑娘的爱恋,我不敢也不好意思大胆地猜测那姑娘就是我,但如今回想,那极有可能是我的,我也住二单元。

我印象最深的是,他的每一篇日记的开篇都用深蓝色的钢笔写下这样一句话:我在大院的门口遇到她,那年我十八岁。我很是喜欢这句话,在我后来的人生中,竟不再遇到过如此用情至深的人了。

那些日记一共九本,历时四年,现在想想,那对哲来说应该是充满甜蜜的四年光景,只可惜,却是哲深爱的二单元的姑娘全然不知的四年。九本日记,另外还有一个小小的信封,信封里除了一片暗红色的枫叶,还有一张和枫叶一般大小的纸,上面这样写着:"来到香山,想起了你。秋天是收获的季节,希望这片红叶能带给我好运"。我渐渐开始习惯了他的日记风格,知道他总是称呼二单元的姑娘为"你"的,而且,隐隐觉得他们在他的日记里曾经那么亲密

Mr. Cigar 4:
的确用情至深,我们都曾遇到过很多人,几人记得谁是谁。

无间。所以，我断定极有可能不是我。为此，我亦有些茫然。然而，内心里多少也曾希望那个人真的就是自己，可在那个希望之后，却从来没有想过，假如是我又该怎么办。

终于将所有的日记本完璧归赵了，依然是那个没有来得及结束的深秋。我将书包交给他的时候，他的双眼几乎要冲进我的眼里。他问："都看了？"

我认真地点头。

他攥紧了拳头似乎在御寒："喜欢吗？"

我再一次认真地点头。

"仅仅是喜欢吗？"他有点焦急。

"喜欢。"我赶紧说，生怕他说我是假装喜欢。

"噢。那你有没有什么，呃，比如评语？"他有点吞吞吐吐。

"没有。"我真的很喜欢他的文笔，所以才偷偷地希望那个姑娘是自己的，我哪里还敢有什么评语。

"或者想法也行，什么想法都没

有?"他的声音听起来有一点失望。

我摇摇头,坚决表示不可能也不敢有什么想法。

"这样吧,猜测也行。那,你有什么猜测吗?还是想知道点什么吗?或者想问点什么吗?"他轻轻地说出了三个疑问。

"有啊。你能把那片枫叶送给我吗?我很喜欢。"说完,我的脸已经通红了。幸好我妈妈不在,妈妈是不让我向别人要东西的,这个家训从我会听话的时候就已经如雷贯耳了。今天,我却情不自禁地问一个不认识的哥哥要了一件他自己最喜欢的东西。

他仰起脸,让秋风越过他挺拔而坚韧的鼻梁,然后深深地呼吸了一下,低下头,无奈地笑着对我说:"好的,没问题,你喜欢就拿去。"他从书包里拿出那个信封,递给我。

"我只要那一片枫叶。"我说。

他又笑笑说:"它们是不能分家的,你都拿去吧。别紧张,说过了,就送给你。"

Mr. Cigar 5:

哲过于隐晦的暗示阻绝了两个人的沟通。或许大多数人都走过这样的弯路,走错了的也是路,往事除了回味还要尊重。

插句题外话,个人感觉哲是坚忍深隐的摩羯座。

他走了。我还纳闷,我没有紧张啊,可能是他看我脸红才这么安慰我的吧。不过,我是不想让他走的,感觉和他一起站在风地里,连秋也变得没有了凉意,这是一件多么奇妙的事情……

　　一切戛然而止,秋却绵延无序。

　　离开红叶的阅览室,我漫步在这秋的图书馆里,听自己的脚步声单调地敲击着记忆,我知道每一步都代表着与一些东西擦肩而过,无论这东西是你所了解的,还是所不了解的;你来得及接受的,还是来不及接受的;你后悔错过的,还是无怨无悔由它去的。它们就是这样,在每一次的敲击声中,渐隐渐没了。

　　北方的图书馆却不如秋这样杂乱无序,我很轻松地找到了一本有着枫叶的图书,然后,将秋意静静地留在图书馆里。

注:

　　①车子棚:20世纪80年代初,西安上班族和上学族的主要交通工具是需要上牌照的自行车,因此,所有的单位办公区以及家属区都会有一个非常壮观的车子棚,专供来往的人暂放自行车用。

　　②哲:大哥哥的名字,因经常出现在某种书信体式的日记中,因此被记忆下来。如果四单元的哲哥哥有机会看到这篇文章,希望不必介怀。

我的农场我的玫瑰园

于我而言,生日不是一个纪念日,甚至不是时间①。生日,是一种情感,是一个女人的降临、闯荡、孤独和归来的记忆;是北方母亲的翘首企盼,以及那默默的等待;是世界上美丽情愫的集约。

我正盘算着为这样的一个日子做点什么。

谁都晓得,这是一个上帝对母亲开恩并进行赠予的日子,我便是那个礼物,然而,这还是一个"因为我的诞生而将一个慧美如水的女人变成了负重的太阳"的伟大的、蜕变的日子。

我煞费苦心,计划着为这样一个日子做点什么。

初秋的雨送来初秋的记忆,埋头在秋夜里,诗意浩荡。我通宵达旦地挥舞着自己的激情,为生命、为流浪、为回归、为热爱,更是为母亲书写着忠贞。如果说,秋天是注定盘点情感的季节,是注定向你所爱的人倾诉的季节,那么,秋天里的这一日,是我用心跳敲出的诗篇。

不,不行!写"亲爱的妈妈"这样的开头,不是一部好的诗作的开始。

不,不好!写"爱你的女儿"这样的落款,无法彻述我灵魂的感受。

我烦躁不已,诗句飘荡在整个八月的夜空里,像一颗颗顽皮的星星,看起来离得很近,却无论如何也无法捕获。

母亲不知我在忙些什么,可能是感觉到我有些烦躁不安,就劝我:"出去走走吧,或去星空下,或去秋雨中,哪样都好,总比留在家里像熊转要强。要不然就静下来看看书,写写字也好啊。"于是,我接受了母亲的建议走进夜雨中。

雨中的散步是惬意的,它让我重拾灵感。我有了新的主意,打算悄悄策划一场别开生面的示爱计划。

日子一天天临近……

母亲总是和蔼的,和蔼的母亲今晨笑盈盈地说:"我说过三天不许你动我的农场②,你还真听话。今天,我终于如愿以偿了。31号以后,那三片农场交还给你了。"

如愿以偿?农场?31号以后?难道母亲这两天热爱上玩农场是有什么目的性的吗?难道也跟我的生日有关?

我悄悄地上网打开目前在她管辖范围内的三片农场。豁然于眼前的是三片刚刚播种的玫瑰园。

原来这样。看着这些美丽的种子,我不禁泪水潸然。

最最亲爱的母亲,您大概不会料到,我的那片石榴林也是为这天而栽种的。

妈妈,您的爱恰是这一片片玫瑰园,而我的心愿就是生生世世留在您爱的玫瑰园里。

于是,我写下了自我有生以来最美丽的诗篇:

石榴林!

玫瑰园!

——谨以此文献给即将到来的美丽的日子!

2009年8月29日

注:

①自2008年金融危机后,我放弃了在南方的流浪生活,返回到阔别已久的西安,开始了一段新的生活。本文写为我生日的前一天。

②农场,是指当时网络上某公司所开发的一种游戏。游戏需要模拟开垦、耕种、收获等获得不同的等级作为荣誉。其间,在地里耕种一些有意义的农作物也一度成为风尚。

立冬(随笔一)

当我们有足够长的时间来体会寒冷的时候,你会发现,原来寒冷来自心里。

在午后和煦的阳光下漫步,寒意便悄然离开。散坐在公园石凳上阅读一阵,暖意便通过书页流进了心里。一切的一切,使我忘记了——今日,立冬。

"立冬"是个武断的日子,全然不计气候的真实与区域的变化,因而常常惹出令人啼笑皆非的话题。就比如在今天,珠江一带的人们还在单衫与短袖间选择,而大兴安岭的子孙们都已抱上了暖手壶。

当然,先知们总也是对的,他们有无数的理由阐明今日立冬的依据。可是,这样的依据即使透彻而正确又如何呢?穿短袖的依然是短袖,抱暖手壶的仍然不会松

手,那么"立"和"冬"就如同赤道两侧的洋流一样变得神秘莫测而令人神往了。

然而,立冬确乎也是个令人折服的日子,无论我们是否明白如何"立",也无论我们是否清楚在这一日会立了怎样的"冬",只要人们想起这庞大而迷人的"课题",便会觉得寒冷,并且回避不究,这其实有可能正是先知们的真意吧。

漫步在公园的阳光下,思忖着这样无稽的问题,竟觉得自己也像个思考者,这是一种多么令人振奋的感觉啊。我想,确乎是应该感谢这神妙的日子对我们的启迪吧。

今日,立冬。

笔者注:

我常想,庄子有曰:"天地有大美而不言,四时有明法而不议,万物有成理而不说。"如果庄子所说的这"天地之大美"、这"四时之明法"、这"万物之成理"被人类祖祖辈辈不断认识并言说,且乐此不疲地规定成模式并冠以学问的桂冠被传承,那么人类文明的发展会是怎样的?传与不传,又能怎样?庄子思考与不思考,对文明到底有多大的影响?我们还需要思考吗?

或许,这天地的"大美"不是不言,而是不能言。可是为什么不能言呢?言不尽吗?

或许,这四时的"明法"不是不议,而是无法议。可是为什么无法议呢?议多也无意吗?

或许,这万物的"成理"不是不说,而是说不出来。可是为什么说不出来呢?是科学发展的不完善吗?

那么由此推论,人类及人类文明的尽头应该是科学完备的那个时刻了。这将是一个怎样美好的时刻!让人类自己认为科学已经完备了!难道科学的发展不是"不停地否定以前的错误"吗?没有什么可否定的时代,是不是代表着人类回到了混沌初萌的时代了?

我突然间又明白了,为什么世间有云"人类一思考,上帝都发笑"了。

立冬(随笔二)

"当我们有足够长的时间来体会寒冷的时候,你会发现,原来寒冷来自心里。"这是我三年前独自沐浴在阳光下,闲坐在公园小径边的石凳上,任温暖谱写的一句发自肺腑的乐句。

今年立冬。再次路过,依然有阳光。

不同于以往,这次,没有让细碎的阳光洒在纸上,而是,将它印在心里。于记忆的深处,立冬是要告别满山红叶的日子,是要将斑斓秋色深埋的日子,因冬天总是肃穆的、庄重的,冬天总有不容置疑的北风,总有无可批驳的雪花,总有不胜枚举的吟雪之词……

时间来来去去地前行着,河两岸随轻风逐次开放的那些芍药、荷花以及海棠,最终都要臣服于梅花。即便不在秋阳日影里招摇,仅仅就映照在素净的蓝天和白云下,枯梅一枝也足够激发墨客文人的遐想和幽思了。可有谁知道,这枯梅却是在立冬这样庄严日子的经验和启示下对生命所做的最好的写实。

或许早该忘却南方水乡那河灯初上的立冬的傍晚,忘却那幽幽的渔妇的低吟。或许早该忘却那些不甘在记忆里沉淀的感慨,忘却那些爱热闹的和不爱热闹的节气。或许早该如同"立冬"这样的文明一样,庄严肃穆地静躺在颛顼的墓地里,用缄默将智慧指点到更远。

然而,或许的事情可以很多,当下,我们正处在这个充满睿智的神圣的时间灯塔里。

"立冬了,天会逐渐冷下来。"身边的朋友絮叨着。

我告诉他:"当我们有足够长的时间来体会寒冷的时候,你会发现,原来寒冷来自心里。"

冬 雨

横竖是要过冬的。想清楚了这一点,长安便以一场体面的冬雨拉开了寒冷的序幕。

静。除了雨声,其他所有的声音大体都被那雨前的寒冷凝结了。

窗外的雨不算很大,只是有风度地敲打着未曾来得及凋落的树叶,使他们听起来好像是在合唱。那是一曲怎样的歌呢?对秋天的留恋、对来春的憧憬,抑或是对当下即将到来的枯萎唱着依依不舍的情歌?

果真是一支美好而耐人寻味的旋律。

Mr. Cigar 1:
　　冷雨无意寒,唯人心自怜。

Mr. Cigar 2:
　　美好的回忆都融入了雨滴弹落时的歌中。

Mr. Cigar 3：
　　换了季节，赤了脚丫，你我都成了看不到的野兽。

Mr. Cigar 4：
　　冬雨就像清晨的闹钟，最终都要面对。

　　多数文人墨客都是喜欢雨的，使得一贯向往成为文人墨客的我羞愧难当。知道自己并没有那么大的包容之心，细想起来，我独独钟情于夏天的雨。并不是为了雨后虹前的那般浪漫，也不是为了花草露头的别样美好。于我心里，下雨固然妙不可言，可是，搞泥了一双鞋子，还要不识趣地到处踩踏，着实是件令人烦恼的事情。倘若在夏季，情形会完全不同了。尽可以任性地脱掉鞋子，毫无顾忌地接触那令人心旷神怡的雨水。当然，这并不等于说，在夏季，若不穿鞋子，别人就不会像在其他季节那样看野兽似的看你；而是，在夏季，你自己可以不受因为担心雨水寒冷而产生的不愿赤脚的困扰，随心所欲地赤脚涉水。因为这一切的关键都只在自己。路人只是无端被你拉进来的看客，有也罢，无也罢，看野兽也罢，羡慕不已也罢，全然不会影响到自我决策。这是一件多么惬意的事情啊。

　　然而当下，窗外飘洒的，是一场我不得不面对的冬雨。

横竖是要过冬的。想清楚了这一点,我决定不再留恋夏季。

咖啡杯里冒出的热气在窗户上形成一层薄薄的水雾。透过水雾,我欣赏着窗外红的、蓝的、跳跃着的、美丽的雨伞。我猜测着每一把伞下都应有不止一个故事,可它们都是些怎样的故事呢?我们可以怀揣这些故事过冬么?

于是,不仅对冬雨,也对雨中的花伞及花伞下的故事神往起来……

Mr. Cigar 5:
　　每把伞上都顶着个性化图标,告诉我它的一天。

不 眠 夜

于船头眺望，河水静静，灯火黯然……

此番情景并非我当下的所为，而是上半夜的梦境。铺陈在梦境里的还有满天的星斗。于是，我意识到了，自己应该是在等一个人，一个未曾谋面的人，在这样的星空下，在这样的船头上，在这样的河水里，等待……

起身，披衣，黑暗中静坐，沉醉在茫然里，不知该不该相信那一切只是一个梦。

北风尖厉着嗓子军团似地排山倒海般从庭院前呼啸而过。抬眼向窗外望去，排风过后，一片悄然。落叶犹如松软而长绒的地毯，将我视线的每一个角落都霸占了去……

这才是我的当下。我醒着，梦，便不再来。

然而,除了梦,还有什么可等待。

笔者注:

我有时觉得,活着,就是一种等待,一种茫然的等待。没有任何起色的人和干了惊天伟业的人都有着不同程度的等待和期盼。然而,这样的期盼何其茫然,却又充斥着整个生命。

初雪——传说的记忆

暮雪,翩然而至,我竟毫无察觉。

横卷着凉意、冷风一般冲进屋里的友人,略带兴奋地通知大家道:外面应该是下雪了。消息一经散出,众人纷纷起身隔窗望去,我竟然佩服了友人说的"应该是"所表达的准确,只见雪花漫天如霰,地上却不见半点痕迹。

久久地注视着空中的飞舞者,不禁纳罕,这天上翩然的、落下来却不着痕迹的,人们仍然应该固执地称它作雪吗,还是应该称其为"一段关于雪的传说"?

初雪薄如雾。如雾般的,还有关于初雪的传说……

待华灯初上的时候,收到朋友的短信,他询问道:"今天落雪了?我怎么不知道?"刹那间,我兴奋起来,这

短信令人觉得自己是这段传说的缔造者。

传说总是美丽的。美丽的,还有关于传说的记忆……

于传说的记忆中,善良的公主和英俊的王子总是能够美满而幸福地生活下去;于传说的记忆中,挪亚总是能够带齐了世界上一切有生命的种子使得众生灵躲过了那一劫;于传说的记忆中,他,曾用体温来维持我的将要冷却的旅行壶里的水,那年,恰好也有着类似的令人毫无觉察的初雪……

当然,记忆会很容易被时间抹去的,传说很快会在记忆里淡去。当下里,如烟如雾、漫天飞舞的仍然是无法定义的、今冬的第一场雪。

这年的初雪,它翩然而至的时候,我竟毫无察觉。

谁,乱了她的心事

  一九二九,心事藏袖口,你不问,我不开口;
  三九四九,心事上眉头,我不说,你也看透;
  五九六九,心事枕边留,不记得,也赶不走;
  七九八九,心事挂梢头,谁看见,都要回首;
  九九来临时,心事啊,你告诉我,谁,带走了她的娇羞?谁,痒了她的喉头?谁,牵动了她的针线?谁,将身影悄悄藏进了她的绣球?

  值寒,藏也罢,露也罢,天地苍茫混沌一片,阳光无力,数九来临。没错的,到底还是冬至了。

  然而,谁,乱了她的心事?

  在春的季节里盼夏,在夏的季节里念秋,如此周而复始永无止境地期待,原本只是人类在有条不紊的自然

秩序里滋生的并陶醉其中的自乱情结,也是被人类自己称为叛逆本性的一种能力。然而,现在已然成了文人笔下的闲趣。即便是在冬至这样凉飕飕的日子里,也免不了要搜摸点令人思乱神怡的小墨来抒暖一下情怀。

你,暖了吗?

那么,请告诉我,谁,乱了她的心事?

我漫步在回家的路上,枯枝已在路边抖作一团,流动橱窗车里有昏黄的灯泡颤巍巍地摇曳着,摊主对着过路的人谄笑,无非是想早点卖掉那些预备好的下酒菜,也好早点赶趟回家过冬至吧。

我走上前去买了一些猪耳朵。摊主兴高采烈地称了些许,并切成了整齐的细条条,转身欲递给他身后的女子来调拌,可是,他忽然拉下脸来对那女子说:"怎么不戴手套?"

女子顺着眼并不抬头,回了句:"还没有来得及。"

我看到摊主似乎真的要动怒了,对那女子说:"那你现在戴上啊!"

女子不紧不慢地却略带嗔意地说:"不急,调完最后这个再说!"

我怕那女子尴尬,就连忙说:"不要紧,她只是调拌,不用戴手套。"

听闻此言,摊主一愣,似乎猛然间记起我的存在,于是对我笑笑解释道:"我说的不是卫生手套,我说的是线手套。你看她,手都冻肿了,让人看得……唉……就是不听……"

摊主不说了,可是那女子却抬起头微微冲我笑笑,然后又去调拌了。

"让人看得……"这后面应该填写一些什么样的字句呢?真真是朴拙而真切的字序排列。我未免觉得自己有点儿冒失。看着红肿的双手略显笨拙地调拌着那些略见刀工的猪耳朵,寒风中,三颗心都感觉暖暖的……

必须承认,这个世界上确实有一种温暖叫作感受有情人的互相关爱。

冷也罢,暖也罢,我虽横竖没有搞清,谁,乱了她的心事,可天儿,到底是冬至了。

不过如此

原来我对于生的趣味渐渐在那边减少了。这自然不是说马上想去死,只是说万一死了也不这么顶要紧而已。泛言之,渐渐觉得人生也不过如此。这"不过如此"四个字,我觉得醰醰有余味。变来变去,看来看去,总不出这几个花头。男的爱女的,女的爱小的,小的爱糖,这是一种了。吃窝窝头的直想吃大米饭洋白面,而吃饱大米饭洋白面的人偏有时非要吃窝窝头不行,这又是一种了。冬天生炉子,夏天扇扇子,春天困斯梦东,秋天惨惨戚戚,这又是一种了。你用机关枪打过来,我便用机关枪还敬,没有,只该先你而呜呼。……这也尽够了。

——摘自散文《中年》/俞平伯

许是冬至的缘故,合上俞老先生的散文精品集,凭窗望向西安雾霾与冷风中那些隐约约颤巍巍的建筑,心里竟然萌发了不吐不快的激情。然而,"不过如此"这四个字恰锁住了所有的冲动。无论你是病着,还是活泼健康着;无论你是懵懂着,还是充满信心和活力地打发着冬至;无论你是浅知,还是深谙冬至对人类的意义,说到底,总也是那四个字"不过如此"。

于是,怅然。

俞老先生说得对,生活太过不新鲜。其实我们都是在走别人走过的路,讲别人说过的话,想别人想过的事情,得别人得出的理论,吃别人造出的菜肴,干别人干过的活计,写别人写过的文章……原来世界竟然是一个"匠人的世界"。

何妨再进一步揣测一下,总有一个操纵者不停地让人类诞生并重复匠人的生活吧。于是有了"我们原来不是那真正的匠人"的结论,我们不过是匠人斧下的那些个疤痕。而冬至,这个预示着文明的日子,它又是什么呢?

窗外,有人将案板叮叮当当地敲响了,这为我的无稽的惆怅转添了些愉悦的色调。毫无疑问,冬至诞生在人类之前,而命名于人类诞生之后。可在没有人类的荒漠的地球上,那些爬虫是如何表达对冬至的至高敬仰的呢?那个时候也有这样叮叮当当的声音吗?或者还有

其他更加令人愉悦的声音吧,那样的声音又持续了多久呢?

　　厨房里传出喷香的炖汤的味道,不知道是什么今天充当了我们家的牺牲品,我觉得是时候给这篇文章一个中心思想,转而去赶紧做点进膳之类匠人们需要重复的那些工作了,然而,横竖没有想出自己到底在说些什么。但是,天作证,我竟写出了近一千个字符,而左右都是些"不过如此"。

垂涎三尺

　　母亲唤我起床,我应了她,却有点不想动。

　　正在犯懒,忽觉母亲在我耳边低低地说了一句:"猜猜我做了什么你爱吃的?"旋即,闭着眼睛,我用鼻子详细辨认,顿觉神清气爽,豪情万丈,原来是它。

　　这是一种浓香醇厚的味道,即使在天边我也会立刻捕捉到,因为这是母亲为了我所练就的独特荤素搭配的烹饪手法。这味道是不容易用文字描述的,但是闻到它,我那些相应的感知部位立刻会有反应。比如猴头菇嫩滑的质感,比如猪肘经炖煮熟烂酥化的口感,比如鸡汤带来沁脾的滋补味道,比如豌豆苗伴着火腿合并发出的清幽幽的香气等。对,如果不出问题,应该是它了——芙蓉猴头。

哟嚯！这可真是上天赐我美食。我记得母亲说，乾隆好"炊鸡"，每炊必用菇菌，当然，猴头菇可是首选材料。熟悉女儿的母亲深谙我不是那乾隆爷，本姑娘除了好鸡，还好猪肘！因而，母亲做这道菜必是先用鸡汤煨炖猴头菇，后用猪肘汤浇制的。那猴头菇经由鸡汤煨炖，其味道之厚，其色泽之荤醇，绝对不愧珍馔的名号，让人即便只是想到都会食欲大开。

单单做好猴头菇，那还没有完，应再将鸡汤煮过的猴头捞出，顺毛切片，挤出水，扣碗内，加入蛋清、精盐、味精、淀粉糊。将猴头逐片下猪肘汤锅滑制，汤开捞出。然后，蒸蛋清，做芙蓉，可适量加一些名堂，比如，豆芽、豌豆苗等。最后，把蒸好的芙蓉用勺盛入炖好的猪肘汤内，再把鸡香味的猴头片放入，撒上择洗干净的豆苗即可。

看到眼前散发着诱人香气的美味，我不由得高兴地跳了起来，没想到，刚一伸腿脚，便落得腿碰到床帮，手撞到床板，人好像从高山上坠落一样，扑通一声掉到床上，睁眼一看原来是梦。

不会吧！

我急忙冲入厨房询问母亲："早上做了什么菜啊？"母亲回答说："黄瓜炒鸡蛋，你最爱吃的'黄菊忆春啊'。"

"啊?那怎么会有炖猪肘的味道呢?"我百思不得其解。

母亲又说:"那是刚放到锅里的,准备中午喝。怎么你有一副狗鼻子啊,看来,没有好吃的,你是不打算起床了。"

哎呀,我的芙蓉猴头啊,什么时候才能再吃到你呢,我已垂涎三尺了。

那一池吹皱的春水

  于大多树木还久睡未醒之时,河畔的垂柳已是悄然泛青了。它以一种悠然的姿态点染了河堤两岸,缀饰了那一池吹皱的春水。
  公园小径。
  浅波推送的水纹并不比我的步伐快很多,阳光懒洋洋地洒在水面上,绿色愈发逼人起来。是谁说的"水样的春愁",这一个"愁"字里有多么甜蜜的感受。而于我,或许,那妙处并不在"愁"恰在于"春"。显然,世人皆知,那是一个唤得醒灵魂的字眼,即便是冠在魔鬼的前头也会令魔鬼本身变得可爱起来,不怪得"春愁"愈发如此惹人喜爱了。由此,我想起了那足以引发春愁的一次小小的"动心"。

记得那是一个不同凡响的春季,潮润、透爽。一切感受全然不在文学的范畴。

　　自打那年入春以来,身边的这些古香古色的建筑浑然换了一种精神气儿,经夜雨浇淋的那湿漉漉的双层斗拱檐角滴落的水珠,似乎浸润着莫名的欢欣。诚然,早春的温风多半应是已经改写了"春寒料峭"的模式,温温然,略有燥意。不曾想,好风不长,顽皮的春雪竟凑趣般不期而至。此举震撼了所有墨守成规的中国人,就在人们瞠目、感慨、沉醉、赞叹她的妩媚之时,岂料,一夜之间,雪化了,那郁郁葱葱的春色仿佛一只困兽撒欢般肆无忌惮地占领了整个城市。在这场冷与暖的较量中,被打败的当然是春雪,还有我曾经对春天的"不崇拜",不由得,对充满变幻的春天有了些从未体验过的"动心"。

　　于是,我才有了今天这样的心情来春愁一番,才有了今天在这吹皱的春意里憧憬一年的春色。

笔者注:

　　春雪后来都不多见了,偏偏2008年、2009年连续两年都有。数2009年的春雪怪异。2009年的立春是2月4日,而2月27日忽然降了一场大雪,让整个西安城都欢腾了。大人、小孩全体出动,街道上雪人遍地,雪球漫天飞,很是令人难忘。

尴尬的季候

别过离亭秋雨,便是淡日冬风,本应是与往年一般的萧瑟,可我简直是疯了,居然有春一样的感受。

也好,就让我们先不要跨越这暧昧,让温暖长长久久。

提及冬季,不难发现,属于它的话题可真多,短剧似的在梦里一幕幕地跑着,跑荒了眼前的四季,跑冷了整个人生。诚然,正如您猜测的那样,在每一段情节里,也必会有那桃源供人寻遁的,久而久之,冬季恰成了一幢"各色桃花源的陈列馆"。

"各色桃花源的陈列馆"这种说法,并非我发明,也并非要刻意用来使您困惑。实在是因了它早已根植在您心里某个最安静的角落,并悄悄地滋长着。这么说吧，凡遇到棘手的事情，您是否会或多或少花点时间憧憬一下"若事情能顺利如愿该有多好"，这便是您构建的第一个小桃源；进而，您或许还会想象一下"说不定还会有意外的惊喜"，这份对意外惊喜的渴盼，恰如好客的桃源主人为您杀鸡温酒的殷勤招待。或许，上述所有的提法，对您而言略显暧昧，而我们今天要说的暧昧却绝不是这类不亲及神经的感受。我想要表述的，不过是那种一旦被跨越了，感情就会变成爱情般甜蜜而亲及神经的一种知觉。这样的知觉，恰如当下的冬景"停云里驱不散秋雨，浩天里迎不来暖阳"，何其尴尬，何其不明朗啊！

谁又能晓得，跨过之后，是温暖还是寒冷呢？然而，我一定是疯了，居然在这尴尬的季候，有了春一般的感受……

好了，停下来，还是先不要跨越这暧昧，将一份心底的温暖保持得长长久久吧。

素瓷传静夜,芳气满闲轩

雨,在窗外不停地下着,电磁炉上的水噗噗地沸腾着,于是,在这寂静的夜里,不禁有了要闲说素瓷与芳香的想法了。

记得那是1999年,在首尔,一个白雪皑皑的圣诞夜里,我被邀请参加一个为旅行团组织的品茶会。那竟是一种日式的品茶会。

茶室不大,清雅别致,室内摆设皆尽为珍贵古玩、名人书法等,或仿或真不得而知,然而众人自陶冶其中,认为有氛围。具体道什么氛围,大伙面面相觑,我猜大体是由于没有人能真正明白这些个摆件和文字到底在诉说一些什么内容,因此倍加觉得神秘和悦目而已。

茶室中间放着供烧水用的陶制的炭炉,其样式很奇怪,乍看起来像个半封了底的酒爵,却没有那个出酒口,仔细看有点像短腿儿的斝,窈窈窕窕甚是好看。我当时是不明白那个叫什么的,只知道是用来煮烹茶水用的,又不好意思问。因为茶室里坐着的宾主们,除我之外似乎都非常熟悉眼前的工具,且见怪不怪的满脸麻木,于是,我只好将它的形状牢牢记住。那之后,回到广东,通过各种渠道查询才知道它的确是有极专业的名称和用途的,而非我当时自认为的陶制火炉那么简单,由于需要烧炭,且需要借助风烧,因此,又名风炉或陶炭炉,这些都是后话。

  风炉的旁边放着茶釜,前面更是排列着茶碗与其他各种饮茶用具,看样子一应俱为历史珍品、贵重瓷器。小试过主人递上的甜点之后,主人按程序开始点茶、冲茶、递接、邀客品饮等;并给我们讲解品饮时一定要吸气,并发出吱吱声,伴着茶饮尽,再用大拇指推着纸巾擦干净茶碗,然后连声称赞好茶,以示对主人的敬意。

  这种礼仪表面上的确是透着和与静,但却很难令我苟同,我更注重那些能够提升茶品质感的程序,比如茶水要多少温度,烫泡要多长时间等。而那些虚礼,如什么吱吱声啊、用拇指推纸巾啊真是不可取,将好好的一件身心愉悦的事情,搞成了繁文缛节,真真是一大憾事!

  然而,茶,确实是好茶!正如现在窗外的绵绵细雨一样,款款地流淌在我的记忆里。不错的,现在去沏点茶,也不枉沸了那壶水了。

晒 砚

2008年新年的第一天。

在潮湿的空气里待久了,心情也会发霉。因此,一直期盼着天晴和太阳高照的气象,并下决心,如果太阳出来了,一定要晒晒那些砚石,它们已经有半年都躺在包装盒里了。

太阳非常配合地早早上了三竿,驱走了连日阴霾寒冷的天气,仅留下微风在阳光中于楼群间穿堂而过。

兴冲冲地起得床来,小心翼翼地取出了所有的砚,说句实话,除了这些个石头,我这东莞的家中确实也别无长物了。

第一个被我拿出来的是"低吟"。这是一个18厘米长、10厘米宽的类长方形砚石,外形并非中规中矩。我不懂得如何从造型、刀法、雕刻布局等来品评一块砚石，然而，不知道是不是幻觉，在熠熠的阳光下，刚刚用水抹过的石头似乎若隐若现地呈现出一些东西。我心中暗喜，多希望那些是金刚砂，据说，能看到金刚砂的砚石才是极品。

"低吟"这块砚的构图是两只鸭子，或许，应该文雅地称其为一对鸳鸯。这对鸳鸯在一片大而柔美的荷叶下面悄悄低吟，简单的构图妙趣横生，即便是在这过分明媚而嘈杂的阳光下，也依稀能听到它们呢喃的轻声细语。

第二个是"南塘凫趣"，望文生义也知道是什么画面了。没错，又是一对鸳鸯，抑或是两只鸭子。左右我是无法分清的，权且这样称呼吧。这块儿砚石的体积可是"低吟"的两倍，然而，鸳鸯的大小却和"低吟"的一样大。两只你来我往地追逐，使得整个"水塘"一下子活了起来，追逐的动态也妙趣横生。

第三个是"徘徊"，这是一只隐藏了半个身子在荷叶下的其中一只鸳鸯，但我认为直接称作鸭子好了，横竖只能看见一只，若唤作鸳鸯，那恐怕还应该有一只隐藏得更深才对。品赏到这里，竟意识到自己居然从黄山采购了一批鸭子回来，这不禁使人啼笑皆非。

想起四舅的鸭场来，那可是真正的天然鸭场，不仅

是有鸭子,还有聪明伶俐的黑背看护着那群幸福的鸭子。没准,哪天真应该去他的鸭场积累一些养鸭经验的,不然怎么应对自己手上的这许多只。

和煦的阳光暖暖地照着我和这群小精灵点缀的砚石。不停地用水和用护理油来回擦磨,然后,认真地在光线下寻找金刚砂的踪迹,不知不觉,日移影斜,到了下午,太阳悄悄地退去,我也只好把"鸭子们"小心翼翼地圈藏起来,总算是完成了一件心愿。

放下这件心事,我今天要破天荒去朋友那里过新年的第一天。她说是火锅,真棒!这样的天气很适合这样的饮食,然而,心里却默默祈祷千万不宜有鸭肉的菜才好。

淡如水的公式

前些日子,于无聊间竟信手得到一个惊人的公式,从而豁然于人们总是没有幸福感的原因。

众人皆知,套用经济学里的公式,人们的幸福公式应该是这样的:幸福感 $= \dfrac{欲望}{效用}$,由此可以推得:爱情的幸福感 $= \dfrac{对她/他的爱}{爱的回报}$,而对她/他的爱可以由函数公式 $y = f(x)$ 得:对她的爱 $=$ 爱(她),将这个小函数公式代入爱情的幸福感等式中可得:爱情的幸福感 $= \dfrac{爱(她)}{她爱你}$。

原来如此!从这个公式中我们不难用逻辑推算出:当在"你对她的爱"不变的前提下,她越爱你,你越没有幸福感;她越不爱你,你越有幸福感。换而言之,是说对

方越不爱你,你却越有爱的冲动。

人啊,真是可悲的动物。

同理,由公式可推得,人们真正的幸福感是,当对方对你没有任何感情的变化时,你自己爱她越深,自己的幸福感就越强!

天哪!这逻辑在人的情感范畴内太难被接受了!

综上逻辑,君子之交淡如水也应是由这样的公式得来的,大家之所以保持交往的距离,不过是为了相互保护对方的幸福感。

那么,为了您的幸福,请与您爱的人保持距离吧!

然而,人生苦短,一味保持距离的人生,看起来可不怎么合算!

里约听海

  我和里约初相是在 2011 年它的冬季。

  7 月的里约热内卢在我的想象中不应只是热舞的桑巴所释放的激情那么简单,反而应该含有一种脂粉里透出的忧伤。它临近北美却不如北美发达,它远离欧洲却抹不去欧洲殖民时的痕迹。故此,我一厢情愿地认为,这忧伤应是无以言喻的哀怨和"痛并快乐着"的集约情绪。

  2001 年 7 月 23 日,雨后初晴。翘首无垠的细沙地,在 30 多个小时的飞行后,我觉得安全了。是的,于我脚下的便是那令人销魂的弗拉明戈海滩。

  细沙自身边绵延开去,大西洋沿岸逶迤的景致被银色的沙滩衬托得无比休闲和安逸。非要一提不可的风

流,也绝不只是这一岸的秀丽,远远望去,那无尽的洋面和不怒自威的浪涛竟是充满了魔幻和灵性。由于是初霁,天空犹如一块素洁的青白玉,下面是深邃的海水和懒散的浪花。这样的光景,即使是清晨,也同样令人动容。

此情此景,令我深深地忧虑起来,不肯离去。担心稍有半步差池,便听不到洋底里翻起的美妙乐音,看不到天边悄悄燃起的红晕。

我静默地等待着,看起伏的曲线,不是轻波,却是山脉;看往来的船只,并非梦境而是大西洋最温软的爱意。凝神,只要偶尔肯凝神,哪怕只有一秒钟,便会觉得莫名的迷醉。

不怪乎人们总是争相传颂里约是懒人的天堂,是无阶级的净土。因了,当你静静地坐在沙地上,面对着一望无际的海洋,你或许会和我一样有一种被征服感,或许恰巧和我一样觉得一切现实中的努力都那么渺小和枉然。于是,你也会放下阶级,放下身段,放下所谓的理想,放下所谓的追求……

来吧,坐在这里,让我们一起听海……

笔者注：

  7月是我们的夏季却是巴西的冬季,不过,这并没有什么可怕,因为那里几乎是四季恒温的,即使在冬季,日温的最低点也在20度左右徘徊,因此并没有想象中的严寒。反而是过站法国时,我们却受了很大的罪,又要过夜,又没有带厚衣服,只短短的16个小时的停留,一洗我往日对法国浪漫的憧憬,竟暗地里对法国产生了排斥和厌烦。

江畔,月亮将我的心愿搁浅

沿着石子砌成的花园小径漫步而上,转过一个优美的弧度,便能看到那条曾紧紧拴住我流浪步伐的东江水了。

夜已入深,两岸悄无人迹。江风略微有了些凉意,掠过时总是恰当而有风度地驱走了白天积久的燥热感。

怀揣心事,缓缓漫步,竟希望在这难得宁静的夜里能够逢着那会笑的月亮了。然而,她没有在那里,留在半空里的只有含泪的哀怨,那一层浓浓的化不开的愁云。

月亮也不愿面对分离么?我不禁暗自揣度,或许十年前我来这里时,不该在她面前悄悄地把心愿提起。至今,都还记得,当时的月亮在听到我的私语时那会心的笑容,并也清楚地记得,她就将那笑容静静地映在东江里,那片和今夜并无二致的谦和的水面上。江面上波光闪闪,一片片小小的翻浪里都有她对我的信任和鼓励。

如今,我可能要使她失望了,在这样的夜里,不知我是否有资格恳请她露出脸儿听我将衷肠讲述。

远处那条渡轮停在这里至少有十年了,仍然是一半在水里,一半在岸上。船舱里只一盏昏黄的灯随着船身在江面上抖动。那位当年的小姑娘如今已成了半老徐娘,依旧坐在潮湿的甲板上,为家人第二天的生活而忙忙碌碌。

为什么那人不是我呢?对这样的画一样的生活,我曾是多么的渴望。"做一个识字的渔妇"的心愿难道成了我生命里的奢望。

然而,那妇人是有可供她搁浅的船,我却注定今生要四海流浪,恰如零落在江面上的那些树的影子,一刻不停地在生活里摇荡。

东江的水啊,你成了贯穿我生命的一个最美的段落、一篇忧郁的乐章。

是的,我是来告别的,即使不见了月亮那会笑得容颜,也还是要说声再见的。你可知道,这无人的夜里,有我无限的缠绵和回想。

顺着来时的路返回,台阶过后是石子路,我转过了一个漂亮的弧度,一下子回到了十年前。那夜有一张爱笑的脸,然而,今夜,月亮将我的心愿搁浅。

立　春

　　阳光和煦,春鸟初啼,令你不得不佩服先哲的是,入冬以来,居然只在今日,才忽然意识到了鸟的婉转鸣叫,果然立春了。

　　记得往年的初春,我必是忍冻游城墙的灯展,所见亦皆"嫩绿娇绯",虽知那些是人造的,却不免心怀喜悦,有所期盼。而今年,直到听闻鸟雀的第一声鸣叫,才开始冥想那春山之麓,清泉之侧的景致,不免觉得自己有些钝,有些迟,有些不懂春色了。

　　其实,我常听到院外大路上的摊主吆喝声:"荞面饸饹,第一次不吃在你,第二次不吃在我!"却从没有一次觉得这叫声里竟有如此多生机趣味,叫人忍俊不禁拍案叫绝。

今年立春的清晨之景如何、雀儿们是如何开始欢唱的,一概是无从知晓了,酣睡代替了一切,所有的疲劳在美美的长觉后却有增无减。诚然,我的"有增无减"和龙年的两个立春绝无瓜葛,但是不免心生亲近之感的是,总觉得今年无论如何是个快乐春年。或许可以说成是:"春打龙头,春扫龙尾,全年嬉春。"

倚在窗前的绝不只是初春的景致,还有我懒懒的心情,正如歪坐在电脑前的姿态,一切都在诠释着"安逸与春"的那点秘密暧昧之情,终了,任你我都逃不过这一劫的。

于是,在阳光和煦、春鸟初啼之际,你会忽然懒懒地意识到,果然立春了。

姐，我可以爱你吗

我必须是要趁着喝完这瓶"生力啤酒"所带给我的沸腾而激发的动力去写这封信的。这个，我自己并不介怀。

那一次你惊异地问我也喜欢"生力啤酒"么，我却记不起那是什么时候了，可能是在我们见面之前，或可能在我们见面之后。其实见面只是加深彼此的印象而已，并不能改变多少东西。如此说来，我们应该是认识好久了。可能是在三年前，可能是在百年前，也可能在天地初开之时，这些，我都愿意承受的。

"生力"让我忘记了见你的始末，却让我始终记得昨晚的那个梦，我来到了

Mr. Cigar 1：
　这酒力可不小。

Mr. Cigar 2：
　聚散离别无定数，缘来缘散缘重圆。

Mr. Cigar 3：
　看来这酒力的确不小，忘了现实却记得梦幻，到底是谁在镜中看自己？

Mr. Cigar 4：
　　古人说"百年三万六千日,不在愁中即病中",没想到我们都与最不想要的东西活在同一个"容器"里面。

一个地方去找你,后来又走远了,好像知道你不在那里,但是最终却回来,似乎只有在那里才能等到你。我,等着与你见面……

　　这个梦起初很清晰,然后就变得模糊,可现在越发清晰起来,在整个做梦的过程中,记载了我对你的思念,这思念一样令我自己感动！然而,你听了以后是否有一点点动心呢？

　　姐,我感到自己有少许的累,或者是过得没有意思。今天我曾一个人走在大街上,不知道自己想去哪里,直到把自己走累,回到家里,依然不知道自己想干什么,或应该看书,或应该看场旧电影,迷迷糊糊中,我就拿起了笔……

Mr. Cigar 5：
　　爱一个人需要理由吗？

　　如果没有"生力",我也许还不知道要写些什么,但是,现在,趁着喝完这瓶啤酒所带给我的沸腾而激发的动力,我明白了,我原来是要问你一个问题：姐,我可以爱你吗？

笔者注：

　　这是一封来信，我只是在遣词造句上稍加修改而已。写信的人如今已经有了他的归属。但是，在我看来，这封信却有着不一样的记载。比如，当初，我也是当事人；又比如，恋爱中的人在爱情没有着落时的茫然；当然，还有我认为能够打动人的情信，就如同本文一样，不需要任何矫揉造作的甜言蜜语。

你 就 是 我

——一个关于心理穿越的小故事

"我不远万里来到这里,而你,却没有丝毫的惊喜。"说罢,他翩然而去……

写到这里,我停了下来,心里油然产生了一种莫名的酸楚,我深知这背影后面的失落和遗憾,因为,我也曾是其中的一个。所幸的是,这一切不是梦,没有什么失落后而又找不回来的东西,于是我继续写道:"寒风中,他的背影依旧挺拔迷人……"

再次停下来,思忖着,应该不能这样继续了。不停地编写一段自己并不熟悉的故事是一件多么可笑的事情,然而,对于这样的普天下万人皆知情愫,却又不能说完全不熟悉,能够把这种看似熟悉融合到那种不熟悉当

中去吗？坦率地说，直觉告诉自己，这应是一种不可靠的做法，然而，没办法，谁让我们以笔为生呢。

起身，开始在屋里踱步，伸伸懒腰来放松一下神经。当四肢达到所能有的极限时，突发奇想，在这样一个连微笑都要追求优雅的准文学时代，女作家在家里肆无忌惮地伸懒腰和身为作家而不喜欢易卜生的事实会不会同样被认为是"异类"和不文明？那么这两种异类确乎是毫不相关的异类，这是不是还要引申出更多的细分，如果细分的要求过多，会不会要求一个体制来解决？啊，生活中的事，实在是盘根错节，不如小说来得简单利落，我想在哪里停笔就可以停笔。可为了谋生，别人不让你停下来，你就不能停。算了，就不要信马由缰地瞎想了，还是继续写吧。

窗外的天空时好时坏，阳光也若隐若现，我的主人公欲走却留，怎么了？是他还有什么留恋，还是我真的不愿放手？

重新坐下来，看着刚刚敲出的那段古怪的文字："倚门而立，风推送着他坚毅的目光，一种从未有过的沮丧悄悄布满了整个眼眶。他缓缓地说：'我想我其实已经很明白了……所以说，我不远万里来到这里，而你，却没有丝毫的惊喜。'说罢，他翩然而去。寒风中，他的背影依旧挺拔迷人令人情不自禁。于是，我克服了所有的有关自尊心的纠结轻声唤了他的名字,就在他应声停下来的那一刻,我意识到,自己已经完全被改变了……"

去他的改变,让各种改变的借口见鬼去吧!

我从来就没相信过人会变,而且是因为爱情而改变!我这是怎么了?难道当作家一定要说点别人认为符合逻辑的事情才叫作世界观吗?

一怒之下,删掉所有文字。

哦,不好,如果写作思路过于忠实自己的人生操守,那写出来的人物就会是翻版的自己,这也就意味着,所有的人物都像我一样拥有平庸而乏味的生活,那根本就没有故事可以发生了,小说也无从谈起了。

这是到目前为止,一个靠写作为生的人最忌讳的行为。想到了这里,于是撤销了删除。再次端详那段不堪入目的文字。

……

还是删了吧,看来看去都觉得太假,太俗。

不,不,删了就没有下文了。

于是乎,反反复复。终于,累了。

再次起身踱步,来到窗前,忽然看见他的脸映在窗户上。他的眼神里不是沮丧,恰是一种莫名的轻松,是不可言状的宽慰和喜悦,我们对视着,忽然,他笑笑说:"我不远万里来到这里,而你,却没有丝毫的惊喜。"说罢,他向我走来……

我会心地笑了:"因为你就是我。"

我匆匆返回到电脑旁,做了一个颠覆性的修正:"我不远万里来到这里,而你,却没有丝毫的惊喜。"说罢,他向我走来……

笔者注:

这是一篇命题习作。我母亲在看过《云图》后,希望我能练笔写写不一样的东西,比如,在文章里展现一种多层次的表述,并希望自己的阐述能够成功地让读者明白这些层次的先后和真假。

我下了地狱

许久未谋面,可巧今日通过网络遇到他。

他敲过来一行字:"我不入地狱谁入地狱。"

看着这些文字我嗤嗤地笑,以为他在装模作样,于是告诉他:"那我帮你办签证吧。"

他并不理会我,继续说:"地狱应该是个好地方!"

"切!"我暗自不屑。

"不然,传说中总是天庭的神仙们下到凡间来追求自由和平等,却从来不

Mr. Cigar 1:

天堂地狱皆不自在,人间又何来平等。既在人间而心在地狱,说明人心随物转,天堂地狱俱在眼前。

闻进了地狱的人逃出来追求这些东西。"

我看着这些文字,忽然感到一阵寒冷,开始相信他并不是说笑,我甚至感觉到他的少许忧伤。奇怪,这个人,还是我认识的他吗?

"你真幽默,怎么以前我没有发现你的这一特质?"心里开始有了说不出的亲近感。

"我不过是长相比较幽默,从而让你忽略了我言语的幽默,不过,这些话绝不是幽默的话!"他给我发出了这样的文字。

我默然……

"我总是有些伤感!"他隔了很久发过来这几个字。

"你?"我看得很小心。

"是的。"他回复道。

"为什么?"我试探着问。

"思念总是件令人伤感的事……"他慢慢地回复过来。

"你在思念一个人?"依经验判断,

Mr. Cigar 2:
有故事的心才能看得到对方深处隐藏着的幽默。

Mr. Cigar 3:
同样的幽默两字,不同的意境和层次。

> Mr. Cigar 4:
> 思念是一种不能言说的伤,即便过得久了,忆起最多的也就是开头和结尾,不忍也不敢去翻动中间的章节。

我不敢也不能相信自己的眼睛。"是的。"他回复道。

"后来呢?"我愈发有了兴趣。

"我下了地狱……"

——2009年愚人节前

笔者注:

这绝对是一篇真实的对话记录,毫无矫饰和夸大之处。我与一位当年做顾问公司的朋友五年后忽然在网上相遇,这是我们的聊天内容。事后细想,我们能聊的,大概也就是如此了。

后来,我把整件事情告诉母亲,母亲说,倒是一部精致的小小说,于是,我动笔将所有内容记录了下来。

第一人称

先前并不是很明白史铁生先生为什么要把那样的故事编纂成文字,并命名为《第一人称》的。恰于今晨,在穿过那并不算很长的环城公园后,我确乎理解了。

初入公园的一段羊肠小径,有一位妙龄女郎将背影留给路人去恣意地欣赏,而自己却向栏杆外的护城河远眺,不可忽视的是,她美丽而时尚的长发在风中有节律地颤动。路过她身旁的时候,我渐渐听到了那颤动的节拍,原来是在啜泣。于是,我放慢了脚步,不知道该不该有所为。

很想走上前安慰她一句:"不打紧的,人生不如意的事情很多,但都没有什么大不了的……"可又怕她回头啐我,怨怨我多余话语,并告诉我她原本是为了即将到来的婚礼而喜泣!

  风有点冷,却冷不过此刻的心情,我寒冷于自己对她的境遇的各种猜测所表现出的内心的麻木不仁。我真的如此冷酷吗?

  继续前行,心里多少对那位女郎有点愧疚。

  步行约五十米后抬头望去,似乎看见了希望。

  晨练的人们已经各显神通了,压腿的压腿,打拳的打拳,舞剑的和玩扇的各不相干。近处有一位慈祥的老人,手牵一个四五岁的孩子,站在挂着鸟笼的大树下面,老人在看鸟,小孩子在看远处的女郎。老人拽拽小孩子示意他不要看,可是孩子执意要回望,老人又拽拽,小孩子便咧起小嘴做欲哭状,老人投降了,由得小家伙去看。

  或许孩子是那女人的孩子,而女人是老人的女儿?

  或许她是昨晚跟老公怄气跑回家来的?或许这位老人依旧传统地认为,女人不应该因为跟老公生气而回娘家,从而不答应她留下来的?中国现在还有诸如此类的传统吗?一切都不得而知,显然,故事开始复杂化了。

  我没有放慢脚步,原因很简单,上班就要迟到了……

  又行约一百米,见有一男一女两个人,男人徘徊着,一会儿走近女人似乎在央求着什么,一会儿又走远开来,而女人表情坚毅,毫不动摇,直到我从身边走过,才

听到她轻声地说了句:"好吧,我考虑考虑……"

怎么会?这难道是一个三角恋爱的故事?一切爱与恨都大白于这个冷风习习的早晨,感情也因此没有了温度?我诧异于男人到底是放任自己的妻子在那里哭呢,还是让那可怜的三姑娘在河边暗自饮泣?若于我,两个都是万般舍不得的,所以说,男人有的时候充当的是既可怜又可悲的角色。然而,到底是谁置他们于可怜之境的?

我不得不加紧几步了,这倒霉的晨风里夹杂着很大的灰尘,使得空气里弥漫着生土的气息。穿过那些大小不一的花坛,我来到了一个较为开阔的架着羽毛球网的空地上,看到了两个垂头丧气的年轻人,他们换好了运动装,手里握着上好品牌的羽毛球拍子,却没有在打球,其中一个正愤然地对着另一个说:"早就说你不该来这儿!怎么样,现在心疼的是自己吧!"而另一个只是沉沉地回了一句:"好了,好了,知道了……"

听闻此言,我的心立刻再一次悬了起来。不,不应该这样。他们是男人妻子的家人,担心姐姐伤心吃亏吗?抑或,他们中的一个是暗恋着三姑娘的小情人,不愿看她和别人跑掉?故事越来越扑朔迷离。

我感觉心冷冷地抽缩在一起,犹如故事里面每个人物哀愁的集合。我开始小跑起来,想快点逃离这诡异的环城公园。

忽然听到一记响亮的鞭声，远远地，看到广场的尽头有三个中年男子在抽陀螺。从他们割据的距离来判断，三个人似乎是不认识的，或许认识也未可知。他们各自占领广场的一角，扬鞭策猴好不威武。这时候，中间的一个由于用力过猛，将自己的陀螺推进了左边那个人的领地，而左边这个恰好在此时策鞭，只听得"啪"的一声，那个原本是中间人的陀螺，一下子被抽得跳了两跳，然后以飞快的速度飞向了广场右边……

一切都是巧合，三个人相视而笑，均捡了就近的陀螺抽打起来，一样的快活，一样的惬意。

是啊，故事原本也应该是这样的，一切都是巧合。

没准儿，那女人只是和我一样有头疼的毛病；没准儿，那孩子只是和我一样没有见过早晨就在公园里哭泣的阿姨；没准儿，男人只是在向女人实施说劝让她早点做好当妈妈的准备；没准儿，两个意气风发的年轻人只是在商量应该选择哪里打球比较不容易把羽毛球打到河里……一切都是巧合而已。

跨出公园的时候，我驻足回首望去，晨风剪剪，人意盎然，不过是一个普通的冬天的早晨。

2002年的冬季

午后的阳光温暖和煦,照得人心里痒痒的,不知道该做些什么,信手翻阅一摞旧款的日记本,认出其中有一本是他的,于是,就斜卧在飘窗台子上阅读起来:

20021117232647①:我想起有一次我说有事找你上网,而我却让你等了一个晚上都没有出现,害你连电影都没看;我一直都想弥补这个过失,和你看场电影②……

看到这段文字,努力回想着当时的情况。他应该是把自己的短信抄录下来了,这些文字我似乎都见过,而且看起来很熟悉。

20021117232906:你忘了,我都没有忘,始终记在心上。

我想我大概是回复了他"我忘了"。

20021117234645：现在是爱情准备时间的第二个月。

这是一场错爱，令人难以释怀。

我们之间相差八岁，于情于理，都不应该接受他。实在不能想象，如果接受，对他将是怎样的一种不公平。因而，也曾试图委婉地告诉他："恋爱前，你需要三个月的时间来想清楚每一种可能性，让自己尽量冷静下来，你甚至可以通过发现和挖掘对方的缺点，也就是我的缺点来最终做到清醒的，不如让我们把这三个月叫作恋爱准备期。"

20021117234825：正在努力发掘你的缺点。

"哦？那都是些什么呢？"猜想我当时一定是这样回复的。于是抿着嘴窃笑。

20021117235250：太多啦……又老、又丑、又不会做好吃的，又不要小猪猪。

我总说他笨，于是，小笨猪和小猪猪成了他的昵称，当然，那时的网络语言没有现在这么广泛，这种昵称也不似现在这般滥用。

20021117235908：可是我爱她疼她！答应自己，无论外面风大雨大，都

会保护她,和她在一起,不让她受伤。

看到这里,笑容凝固了,心里觉得紧紧的,说不出是什么东西顶在了心口。我又看了一遍,努力回忆,自己当时是怎么回复的,竟然引出他这样一段小誓言。

20021118000515:答应我,不能赶我走!

我答应他了吗?应该没有。

20021118001912:打死我也不要只做弟弟!

傻孩子,我们还能怎样?我心里有点忐忑,因为忘了自己是如何回复的,怎么能够在六年后的今天再一次被他的文字打动,于是非常怀疑自己当时真的可以做到假装没有动心吗?

20021118012309:是誓言!

我说了什么让他如此信誓旦旦?

20021118012506:我爱你!

我知道。

20021118013730:想起那个我们失散了,我到处去找你的梦!

我记得,那是一个关于失散和寻找的永恒的梦。

20021118014344:说到底你是不愿和我在一起,何必要这许多借口呢?我不会答应你的!

有时还挺佩服自己,到底又说了些什么让他觉得我在找借口呢?忽然觉得自己特别不解风情,缺乏勇气。可是,如果我当时真的答应了,这场错爱将如何收场呢?想到这里,我的心情一丝丝凉了下来。

20021118015145:我会不顾一切地去找你!

恋爱中的誓言很动人,幸好一切都没有发生。

20021118023901:上个月我一共发了1 962条短信息给你。

我绝对相信他是个会认真统计的人

20021118024938:纠正,1 815条。

是的,无论是1 962条,还是1 815条,对我都是同一个意义,那就是让自己背负了一种绝情的内疚和惭愧。这种愧疚感笼罩了我很多年,或许我就该如此背负着情债为这一切负责。

长吁一口气,我又紧翻了几页,跳过了那个海誓山盟的2002年11月17日的夜晚,来到12月8日他的时光:

我仿佛听到一种声音,这种声音接近寒冷,使我心为之碎——20021208.

我看着这些文字,努力回忆着那些匆匆流过的年华。

当你每次答应我会和我一起做某种事情的时候,我都会兴奋不已。且不论这其中有多少件是真正做到的。这个新年你会和我一起过吗?

我开始觉得,他的每一字每一句都犹如刻刀一道一道地肢解了早已冰冻的记忆,一股久违的热流终于在血液里慢慢复苏,在眼眶里一转就淌了下来。

你心疼吗?任由那某种力量把我们拆散?你也许会和我一样的心碎,我知道,但你死也不肯说出来……

我急忙合上那页纸,仿佛那是不能见人的丑事,或是潘多拉的盒子。冲出房门,站在阳光下。阳光照射着我刚刚潮润的脸庞,我以为这样的姿势可以把他忘掉。

我听过一段台词,"人的眼泪代表执意,魔鬼的眼泪代表爱与重生"。我不知道这段台词于我有何意义,我也不想去过问。我只知道,我鼻子一酸,然后就是有一个人会在一个寒冷的晚上默默地掉眼泪。

想你……

他用他的忧伤握住了我的心,即使在这暖暖的阳光下,也会觉得微微发冷,他只需稍一用力,这颗心就寒冷到了冰底。

我是不想让你看见我流泪的,可是我又能做什么呢?我本也以为可以没事的,但沉默的夜里,无法令我不去想你……

我扬起脸,让阳光好好地晒干眼泪,他们说晒干的泪水可以带走所有的记忆,可是2008年9月11日阳光下流泻出的是2002年12月8日的泪水,阳光它能够吗?

是的,死都不肯说,能够说的只有"这是最好的结局"。一如今天的阳光,是我一生中见到的最体贴、最美丽的光线。

我把记忆天葬给了太阳,将他,尘封在2002年的那个冬季。

2008年9月11日

注:

① 20021117232647是一串标注时间的方式,是每次我所收到他发来的短信的时间,表示2002年11月17日23时26分47秒。(以下同)

② 所有的楷体字是他日记本里的原文。(以下同)

究竟的烦恼

我的真名并不叫究竟。这个名字只是街坊邻居送我的雅号,不过,我也没有愧对这雅号。我做人一向是很认真的,什么都一定要搞出个究竟不可,所以,究竟的称呼便一传十、十传百地叫开了。这不,今天我们区政府办公大楼的门口闹闹哄哄好像是出了点儿什么状况,局长竟亲自打电话给我,并关心地问道:"究竟啊,今天外面局势一片混乱,你知道是出了什么事情吗?"

我的天啊,我从来都没有觉得做人这么失职过,生怕回答得不好,在领导面前没有了能力的分值,于是,我放下手上给科长搞来的"材料",便直奔门口为局长做"调查研究"去了。

根据地形分析,我觉得对面卖字画的万师傅应该看得最清楚了,因为事情就发生在他门口。于是,我三步并两步来到他的门前,满脸堆笑地走进去,见面先递上一根烟,然后,故意看看万师傅的茶杯,而后佯装惊讶地端起茶杯来,闻了一下,连连喷口称赞道:"好茶啊,今儿换茶了?真舍得啊。"

万师傅一脸没好气地对我说:"少来这一套了,这还是你上周送我的,你小子,没个正行。对了,你老爹看了那幅字觉得怎么样?"故意让万师傅戳穿是我跟万师傅之间的一种乐趣,同时也给我的研究工作带来另类的享受。

"您万师傅送的,他就是不喜欢也不敢说啊。"我贫嘴地回他道,因为他就好听这个,"闲着,来看看您。"我心安理得地一屁股歪在了万师傅的那把专属的、象征着威严的老藤椅上。

"你会闲着?"万师傅并不回头看我,站在字画铺的门口,无聊中又续上一根烟。

"一直忙福利彩券的事,刚从省上回来,这不,一回来就听说这儿刚才挺热闹……"我知道根本用不着把话说完,一切就会见分晓。

"可不是嘛。"万师傅立刻像是上了发条的闹钟,嘤嘤嗡嗡地讲开了。从他所描述的车牌上,我们断定是武警的车和军队的车争路互不相让而惹起的骚动,怪不得

局长这么关心,我讳莫如深地笑了。

半个钟头之后,我已坐在局长办公室里和局长聊得眉飞色舞。局长是何等人物,了不起着呢!他除了能透彻分析出这次"两军争道"的政治背景之外,还分析了时势大环境所引致的必然性。然后,又一斑窥全豹地陈述了他和刘副局长的种种问题。最后,终于在下班铃声响起的时候,局长以恢宏的气势为他的政治观点做了一个充分的肯定,同时,也不忘了在结束和我的谈话之前给了我一个总结性的表扬:"究竟啊,你的确是一个有能力的好同志啊。"鏖战了一个半钟头,终于得到了领导的认可,我感动得差点儿流出眼泪来。

我极不情愿地走出办公大楼,依依不舍地路过了出事的地点。我在想,如果有一天,我们门前没有那么多事儿了,我的能力将从何体现呢?

于是,我开始有了烦恼……

二　　胡

　　阿贵的爸爸是一路丈量着土地走完一生的。

　　每日清晨,他颤颤巍巍的身影就出现在巷口街边的柏油马路上了。他爸爸因为自己的行当没有出息,坚决让阿贵进了蜂窝煤厂当学徒工。我可就不同了,虽然,我爸爸和阿贵的爸爸是同行,但我是读完初中才进煤厂的,尽管我去得较晚,算工龄我可少了阿贵几年,但在人们的心中,我简直就是才子,怎么说也比阿贵多读了几年书。尤其是我得到我爷爷一手真传的二胡手艺,同志们更是对我大加敬佩。

　　其实,提到二胡,阿贵爷爷的二胡可能比我爷爷拉得好。在我的记忆中,我爷爷曾经因为有人说他不如阿贵爷爷拉得好,一气之下还摔坏了一个祖上留下的鼻烟壶。当然，以此类推，作为爷爷真传的弟子，我的二胡怎么也拉不过阿贵的爷爷的，甚至还不如那个得到他爷爷真传的阿贵。但我不嫉妒，因为我知道阿贵始终比我拉得好的原因。

记得有一晚，我听到邻居院子里传来了变奏信天游，我吃惊不小，在当时的年代里，我还没有拉过完整版二泉映月呢，我敢打赌，阿贵他更是没有理由知道这么新潮的信天游变奏。

我悄悄地走过自家的后院矮墙，躲到阿贵家的堂屋下偷瞧。

只听到阿贵爷爷说："阿贵啊，爷爷今天拉完这个曲子，就将这把二胡交给你了。爷爷拉了一辈子，非常珍爱这把二胡。我其实拉得不比王二爷好到哪里去，但是，这把二胡帮了我，你知道啥子原因吗？"阿贵的爷爷一边说，一边还不忘了用情地摇晃脑袋以配合曲子的疾缓。

"啥子原因，爷爷？"闷葫芦一样的阿贵像睡着了般哼哼了一句。

"啥子原因？还不是你早逝的奶奶呗。她最爱听我拉的二胡了，别人拉的她都不喜欢。这把二胡就是我娶她的时候，她赶了20里地专程从集市上给我买回来的。后来，她每天天麻麻黑的时候，就叫我给她拉一段曲子，直到有了你爹。你爹这个硬命的鬼啊,活生生要了你奶奶的性命。她临走前还对我说:'我在那边也要听你拉啊,孩子他爹。'"

二胡声不知什么时候没有了,替代那声音的是阿贵嘤嘤的啜泣声和阿贵爷爷的叹息声。"今儿,就把它交给你了,你别忘了要每天拉给你奶奶听啊……"

"我拉得不好咋办?奶奶不爱听咋办?"阿贵胆怯地问。

"傻孩子,有你奶奶在,再难听的曲子也变好听了。这不吗,我就比你王二爷拉得总是好一点点。"阿贵的爷爷说完捻着胡须满意地偷笑了。

"啊?是鬼在保佑啊,妈呀!我……"不知怎的,听到这里,我的两条腿有一点点打战。

"来,试试看!"阿贵在爷爷再三邀劝下接过了那把神秘的二胡。

从弓与弦间发出的声音,鬼魅般传了出来,我迈开双腿就跑,竟然忘了原路返回,我绕过阿贵家的堂屋,撞倒了立在墙根的铁锹,那声音依然诚惶诚恐地从背后追来,忽然听到在门口抽烟的阿贵爸爸一声大喊:"干什么的,小兔崽子,肯定又干了什么坏事了!"

我的两条腿飞快地奔跑着,生怕走慢了阿贵的奶奶会上来抓我。直到我冲进自己的房子,扑上床,用被子

结结实实地捂住自己,但还是依稀可以听见那慢悠悠的曲子不依不饶地回旋在我家的房梁上。

自那以后,我绝口不提二胡的事。我知道我一定拉不过阿贵的,而且我相信这个原因连我爷爷也不知道。

笔者注:

我生活在离书院门不远的城外区,附近有很多现在叫作城中村的地方,我年少的那个时代,周围的蜂窝煤厂算是比较有规模的工作单位了。我听了很多有趣的故事,如今却不能个个尽善尽美地描述了,唯有这个故事,我还能东拼西凑地记得一些。因为故事中的"我"依然在我们身边活跃着,这令我常常回忆那段令人怀念的青涩年代。

本　能

　　躺在血泊中,霎时间,就想着一闭眼去了算了。

　　火车站地下通道里熙熙攘攘的人流并没有因为我的遭遇而减少,很多人不屑地从我身边走过,另外一些人,却站在我的眼前卖弄着他们惊慌失措的感受。

　　我知道自己怎么了。

　　小五,这个狗娘养的,一向做事都是拖泥带水,肉肉乎乎的。这两刀竟都没扎在我的要害上,也不知道是他手艺不精还是手下留情。但是,我猜想自己的肺可能被扎坏了,因为呼吸有点异样,好像有凉风从口腔进来又从肺部的扎口跑了出去。

　　此刻,我的身体也应该是在血泊中浸泡着,因为扶着地面的手里满是黏黏的液体。

是不是真的可以离开那些烦人的各种纠缠了？

不,应该还不是时候。虽然,从第一天入帮会的时候我就置生死于不顾了,但是,今天不行,现在不行,我的龙龙才十岁,那个臭婆娘自打离婚以后就没有来看过他一眼,我真的死了,孩子怎么办？

想到这里,我哼了哼,结果身边传来无数声惊叹:"他还活着!""还活着!"

一群王八蛋！明知道我活着,还不赶快去叫医生！你们的脑子是不是让狗吃了。

然而,现在没力气骂他们,我要为龙龙进医院,于是,用尽全身力气挣扎了一下,动了动嘴唇:"医！生！"

"我去打电话!"一个步履蹒跚的老太太说着,向地下通道口走去。

"还是我去吧!"一个知识分子模样的人抢先一步跑出了地下通道。

地面应是凉的吧,然而,我的身体更凉,并且感觉非常口渴,于是努力睁开双眼去搜寻是否有水。随着目光的游离,每看到一个人,那个人便惊恐地向后躲闪一步,好像地上的这一堆东西会随时跳起来吃掉他们一样。

见你们的鬼吧,我才懒得吃掉你们呢。

耳朵沉沉地贴着地面,我从来没有这样听过地面上人们行走的脚步声,这个时候听起来,觉得自己和地狱已经很接近了。嘿嘿,爽了这半生了,真应了那句:"我不进地狱谁进地狱!"然而这时,我又想起了龙龙。一定要让他有个让我放心的去处,我才能去见阎王。

这些道貌岸然的围观者,任凭我的血一股一股地流淌,却没有一个人来帮我包扎,看来,我以前的生活信仰并没有错,不敲干这些人的血汗那敲谁去!这不,他们也一样眼睁睁看着我流血!

太困了,真的很想睡觉,经过了这么长时间,除了冷,这会儿才感觉到了点儿钻心的疼痛,从事发到现在大概已经过了一个世纪了吧,时间过得真慢。就在这时,好像有人在我身上东抓西抓的,并且,似乎七手八脚的。哦,应该不止一个人。

身体凌空后,听不到了地狱传来的隆隆声,但我听到了急救车的声音,依稀又听到有人讨论是否要给我做手术。嘿嘿,这些可怜的人啊,他们还不知道,我即便是被救活也是没钱付手术费的。管他们呢,还是睡一觉吧,说不定醒来了发现是一场梦,反正这样的噩梦天天有!

……

早上的阳光非常明媚。

当医生关切的笑容第一时间冲进了我视线的时候,我吃惊极了,脱口便说:"你们干吗?我可没有钱支付医药费。"

医生笑盈盈地说:"这个你先不用考虑了,先养身体。活着,是第一时间要做的,医药费是其次的事情。"

讨厌!伪君子!我心里暗暗在骂:"难道你不知道你的这种行为会彻底摧毁我的信仰吗?!我不想为了生计而亡命天涯了,可你们让我活过来干吗?借此惩罚我吗?"

我心里怒骂着,这时龙龙进来了。

"爸爸,你怎么了?"龙龙谨慎地看着我,一副准备好我随时起身揍他的怯懦神情。

"龙龙!"我顿觉哽咽了,似乎有一块重重的东西堵在喉咙里。

"过来,离爸爸近点儿。"

"噢。"龙龙乖顺地走近了一点,但依然和我的病床保持着一点距离。

"爸不打你,乖,再过来一点。"我浑身插满各种管子,不能动弹半分。

"嗯,"龙龙又挪近了一些,忽然泪眼汪汪地看着我问道,"爸,疼么?"

"不疼,不疼。爸以前打你,你疼么?"不知为什么,忽然想起了自己曾经几次用皮带抽打龙龙,心里有些难过。

"不,不疼。爸,你几时出院啊?"龙龙撒谎的小眼睛善意地瞅了瞅我,还用小手轻轻地抚摸着我身上的各种插管问道。

"就快了,爸没钱在这里住很久的。"

"不要紧,爸。我去打工,我们同学都打工呢。"

"打工?你这么小?和谁去?"我有点疑惑。

"小五叔啊,他说山西有个煤矿,每年暑假都招假期打工的小孩子呢。"

"你敢!"我咆哮了一声,龙龙连退了三步。

之后,龙龙哭着跑了,幸好我在他走之前千叮咛万嘱咐,不许他回家,也不要去上学,让他去跟李菊阿姨要点钱,立刻到 X 市的亲戚家住一段时间。

龙龙走了,我开始期盼起来,盼望着身体早点好,我觉得,不能让小五他们再得逞。要制服这小子,必须得警察出面不可,大不了,我也搭上几个月的牢饭。

……

我依然穿梭在拥挤的火车站里面,不过,这次是 X 市的火车站。

不干以前的行当已经有三年了。扛大包这营生虽然累点,但却改变了我不少认识,至少,我开始渐渐觉得周围的人不再那么令人憎恶了,所以,自己的心情也舒畅了许多。

这天,不远处来了个商人模样的人物,老远就叫着,比画着,让我去扛包。我定睛一看,啊——原来是小五!他不是被警察抓了吗?怎么这么快就放出来了?

我的手不由自主地伸向了裤兜里那把用来割绳子的小刀……

笔者注:

这个故事源自我曾经听到过的一则消息:×××在火车站地下通道里被捅伤了,在医院治疗,并在报纸上寻找自己失联的家人。这样一则消息在20世纪90年的报纸上恐怕是重磅新闻,而在2000年以后的网络上却成了花边消息。然而,这样的花边消息下到底有多少辛酸?有多少故事?这些猜测在我心中久久不能挥去。因此,我换了一个角度,试着去了解这些人,以及他们的命运轨迹。

网络上那些人那些诗(一)

中 秋 对 诗

网络和诗蔚然成风。

在我的网络空间里,经常会有高手出没,因此,每遇节日,必有人起擂邀约,众人应和之,通常中秋的诗句居多。有幸,我将2010年和2011年的中秋对诗完整地记录下来:

【2010年中秋】

中　秋
杨柳河畔①

蜀山泛红叶,秋风催菊黄。
月映家万里,愧见爹和娘。
清宫冷似镜,吴刚痴如常?
仲秋影相伴,泣酒浇桂棠。

和杨柳君之中秋
弯弯②

巴山映娇影,落红嵌海棠。
云烟千万里,魂魄锁秋江。
放鹤无远近,相思广寒藏。
一枕当年梦,更深孤夜长。

和 中 秋
静听风寒③

濠江水如银,月落霜满肩。
风雨飘摇过,魂牵梦无言。
牧牛听山雨,笛音绕山遍。
一杯释怀酒,故事人还恋。

和 中 秋
霸王别姬④

明月孤星相伴守,漫天寰宇皆清辉。
千古吟唱诗行里,幽幽思觅不得归。

和 中 秋
清衫凌空⑤

一日复一日,一年又一年。
悄如指间沙,暗自换容颜。

读书每掩卷,登临空望远。
苍茫云海处,明月下天山。

【2011年中秋】

中　秋
弯弯
云光秋月两相和,
山寺清幽柳风羞。
茎菊初绽若荷半,
思到浓时若中秋。

和　中　秋
Cigar [6]
明月初照玉兔娇,
天宫处处彩衣飘。
嫦娥仙子飞天舞,
对饮三人任逍遥。

和　中　秋
火狐 [7]
皓皎中天月一轮,
桂香沁溢玉蟾宫。

新词偶赋秋风渐,

最是人情夜半浓。

和 中 秋
弯弯

柴门夜静无僧敲,

花圃月中有客到。

薄席置酒诗为酿,

桂枝辞赋伴佳肴。

　　这是一些令人难忘的字句,偶尔我也会在空间里回顾这些颇具文采的诗词,每每想通过研究他们的遣词造句来揣测他们的个性和经历。常常想,这么多有血有肉的朋友、铁骨铮铮的汉子、侠骨柔情的表述,我们怎么忍心说"网络虚空"呢!

笔者注:

①和③是朋友的网名。

②是我的网名

④⑤⑥⑦是网友的名字。

网络上的那些人那些诗(二)

天山泉①,我的一个小诗友,又是我在网络上较为欣赏的现代诗人,他用笔朴拙而焖情,我经常会因为看到他如歌的行文而产生涂鸦之念,这不,刚刚摘录了他的《无题》,并悄悄改版应和,作以练笔:

无　　题

天山泉

常把思念酿成一杯酒,
藏于午夜人静后,
独自一人品味几口,
醉倒我没有?
只是酸涩在胸口,
欲罢不能休——

人生百许本不该自找烦忧，
却是那情到深处，
心已失了自由。
明明晓得这份深情，
无法触动你的心，
却偏偏辗转反侧，
把你嵌入在梦中，
想你依旧叹息，
念你黯然泪流，
千尺深情，
无人懂，
只随那潺潺流水奔向东。

和《无题》
弯弯[②]

是谁，
将思念酿成了一杯酒，
透明的是心，
冰冷的是离忧。
是谁，
在午夜独自品尝哀愁，
酸涩的是胸膛，
黯然的是心口。

你说过,

人生几何,

不该自寻烦忧,

可知否,

情到深处,

爱,欲罢不能休——

我愿,

将你藏匿于梦中,

请黑夜独自品尝这杯酒。

让那,

千尺的真情深深地涌动,

只随那潺潺流水一路向东……

弯弯虽然呕心沥血应和了天山泉的《无题》,可是,哪里抵得住他才子风采顺手拈来的诗句,只寥寥几笔,就给了弯弯一个大题目:

把我的冬季给你,

只有雪才能等同于你的美丽,

是你让北风送来已风干的迷离。

——(请续)

好一个情圣,竟使得我汗颜以对,只好求教各方神圣了。然而,放眼四野,无人帮忙,弯弯只好苦巴巴地自己硬着头皮上战场了。

把我的美丽留给冬季,

只有雪才能挽住你的欢欣。

是你让洁白洗刷了潮润的心灵,

……

事已至此,弯弯的愚钝便显露出来,浑不知这将是一场怎样的恶战了。幸好有那辆号称"没油之悍马"的推土机③大哥来解围,令弯弯方从云里雾里逃出:

情诗乃无羁的悍马,

情是她燃烧的油!

推土机的油早已冰冻,

为你们的雪原飙驰拍手!

……

然而,好景不长,侠客箭弛④立即在自己的领地里高高地搭起了擂台,引来功夫卓越的绝代佳人们一起打了个昏天黑地。阅罢他们的诗,弯弯已经基本找不到北了。没有看懂大侠们的文题还算事小,一道暗令让弯弯应和,这让我惭愧难当。不过,既然是和诗,还是有兴趣的,和不了高深的,难道还写不来浅显的。

弯弯

是谁,

在巢穴里做着飞翔的梦,

风在微嘶,

落叶在黑暗中飘零，

是谁，

在幽谷里唱着希望的歌，

星星在低和，

月亮在云隙间动容。

是谁，

在寒冷中憧憬着温暖，

他的夜空，

有她幽莲般的梦。

是谁，

在清梦流溢中散着芳香，

他的泪珠，

是她用心醉制成的衣裳。

是谁，

敲响了沉寂的心房，

他的目光，

凝结了她羞涩的光芒！

　　写完这首所谓的现代诗，弯弯回头看整篇诗稿，发觉自己像个公安局的，见面就问"是谁？"。呵呵，谁让我的水平有限呢……

　　当然，富有诗意的文字还很多，天山泉自己的续写，还有我在天山泉的空间里又看到的那些唯美的文字都

给人极深的印象。

文行至此,弯弯长叹,如此文字,如此雅兴,在生活中都藏匿于何处呢?为什么现实生活中横行霸市的永远都是那些不愿目睹的"不忍之作"呢?呵呵,是谁,把社会变成了一个深不可测的墨池!

笔者注:
①③④是网友的名字
②是我的网名。

网络上那些人那些诗(三)

这是一个新旧交替的年关上,很多人都在整理着一年的心得,用当下最流行的词汇叫作"盘点",我的朋友箭弛①便也给中国做了这样一个盘点:

逾　年

箭弛

坠日浓云影愈淡,

弦月清风吹更镰。

魅影昙花浑不见,

鸢飞戾天灵为牵。

我不是一个胸怀大志的人,所以,看到箭弛的"盘点"触动了自己的伤怀,于是有了《断桥》:

断　　桥
弯弯[2]

一曲鸿雁响寒郊,
江湾月露洗烟梢。
寂寞凭高空念远,
西风回首依断桥。

敏[3]姐姐说她似乎能够理解我的心,可是,伤怀的事情还是不要被人理解的好,不然会平添一段忧愁的。好在忧伤的人总在少数,石头[4]这个乐观小伙子,竟然将我的《断桥》摇身一变,成了《鹊桥》:

鹊　　桥
石头

西风回首依断桥,
隔岸暮然余音绕。
翩翩喜鹊枝头闹,
醉卧春风桃花笑。

于是,喜庆的盘点文字,应时而生,源哥(推土机)[5]以老辣平实的文字,句句写出了一年的真实和幽默。

迎　　春
推土机

寻常生计忙无暇,

节假休养走人家。
　　酒阵佳肴味不晓，
　　车程迷糊酣睡傻。

　　我是喜爱这网络的，因为有着如许可爱的人们，我们一起欢乐，一起悲歌，真真实实地一起分享着生活。

笔者注：
　　①③④⑤是网友的名字。
　　②是我的网名。

网络上那些人那些诗(四)

于风花雪月①君那里真正令我心如雀动的,是他文章里的第一首《题桃花夫人》。此番,恰有空闲习文,故摘录品评以供玩赏:

题桃花夫人

风花雪月

别恨离伤自有闻,几为红颜几为君!

千古艰难唯一死,伤心岂独息夫人!

"别恨离伤自有闻,几为红颜几为君"两句领文,或许有人不以为然,然而笔者深以为然。这种写作手法就是通常被称为"横切悬念,倒叙事件"的创作手段,往往是给全文设置提挈,使全文笼罩悬念,故意给读者造成疑团,以吸引读者使其产生兴趣读下去。这种写法的妙处是，你在创作的时候可以不必太讲究文字的运用，而应注重故事和悬念的铺陈，深入浅出，将读者牢牢地拴在你的思路里面。诗的头两句就是例子，文字上没有太大的考究，但是，读者人人都以为自己已经明白作者是要写别恨离伤，而这别恨离伤也仅仅是指"君与红颜"之间的水乳交融，我们或许会和作者一起认为有必要，也必须继续这段哀怨的感触，誓把离伤写成绝唱！

其实不然，风月君笔锋一转便叹道，人世原本艰难，人皆会有一死，然而在艰难世道里，难道人人都要成了息夫人不成！既然不独是息夫人一个，那么她那样忍辱负重又为哪桩？读到这里，不禁让人想起了杜牧笔下的烈女绿珠！顷刻间，拍案叫绝！这才是本文的中心，所研讨的并不是伤别，而是生存的形式。

然而，叫绝归叫绝，雀动归雀动，我终于没有应和这首诗。因为那些文字使我感受到的是一份霸王的伤感，身为女人不敢妄自多言，故而拣选了《题桃花镜》来说事儿。

题桃花镜
风花雪月

满面尘灰两袖风，眉瘦骨削发如蓬。
愁苦辛勤憔悴尽，当年已留画图中！

我拣选这首诗来应和自有缘由。除了喜欢他最后两句的创作角度,还有一些自己的感慨。记得曾在自己的心情里引用过《蒙训》中的"霜华满鬓羞看百炼青铜"的句子,其初衷原也是这般的心境的,今读到友人的诗句,故心有戚戚焉。

和风月君之题桃花镜

弯弯②

鬓皤云横塞外雪,眉绿蹉跎关山月。

迢递一生八万里,阳春秋景无憾缺。

当然,原本大可不必如此赘述的,我的网络空间来往的友人各个身怀绝技,如我般肤浅短见的并不许多,因此,只消将两首习文摆置,自然有采石飞出。这不,我的"网文师友"箭弛③便以轻松阳刚的笔调,从另一个侧面写出了生存的心态:

和弯弯之阳春白雪

箭弛

秦砖汉瓦铺旧城,擎天换日折为弓。

柳扬新芽泼春绿,金镝倚翎问苍穹。

同是写景,写春雪,诗人酸牛奶④的和诗应是本次和文中的精品。他以大自然的景致娓娓道来,描绘的是一种近似精神的写照,用我那朽木之念便是指意识形态上

的存在形式:

　　　　　风擎柳枝点新绿,檐盼雨燕衔春泥。
　　　　　鹅毛簌簌因何来,迎得玉树花满地。
　　当然,还有更加自我的,比如石头⑤老弟,他的诙谐幽默,以自身之事言叙世人之情,确实恰到好处:
　　　　　当年影留画图中,今日桃花别样红。
　　　　　惊得蝶儿狂乱舞,知我心者有几丛。

注:
　　①③④⑤是网友的名字
　　②是作者网名

听 雨

夫听雨者皆有其由。或寄其思,或念其情,或叹生之沧桑,或觉死之悲凉,或曰疾缓之雨声恰若众小之肚肠。然,喧闹如人,杂念种种,不离思量,而雨声却置罔。余谓之雨听人也。

雨听人者,何其之多。余听雨也,偶尔为之。听雨综纳,归以文章,其声也有四,巧心聆听,惟做闲享。

一听雨声若霰,霏蒙迷离,无欲无望。如小啜兰膏,其香味沁脾,四散舒筋,魂飘思荡。

二听雨声若滴,断断续续,无思无量。如小珠落盘,其清脆若弦,慢拨低吟,余音徜徉。

三听雨声若帘,密珠若线,无离无散。如涓水疾步,其音若醉律,忽明忽暗,峰回路转。

四听雨声若江,湍急奔流,无怨无悔。如倾盆泼水,其迅猛若军,万马奔腾,声势浩荡。

嗟夫!雨声也若斯,无红尘之悲啼,无儿女之情长。胡谓乎不乐哉!

笔者注:

这一篇是1999年和一位网友赛文时即兴之作,网友写了一篇《听潮》,而我写了这篇《听雨》。然而,他的《听潮》我却没有保存,真正可惜。

失 眠 （一）

解连环[①]

江上明月桥下霜，

残灯孤影摇西墙。

风花雪月1：有风的夜晚，一个霜字突出月色之亮，之清冷，景致空旷，暗指无人。

奈何妙手解环趣，

风花雪月2：心生境，境生情，情锁心

不敌东莞幽夜长。

风花雪月3：如此惆怅的夜晚，是不适合玩弄九连环的，背诵几个单词吧，很快可以睡着的。

笔者注：

我原是一个习惯于失眠的人，加上自己并不怎么善于总结失眠的原因，只是常常觉得不能、不肯、不愿进入睡眠状态，仿佛那里有着不愿触及的故事和人一样。

夜深，醒着。周遭死一样的沉寂，这沉寂让人觉得静得不自然，静得让人坐立不安。于是，放下书，关上灯，在露台上等待……

这大可只是一场无疾而终的又一个普通的失眠，一如水墨画中最浓重的焦黑，无它不成，有它压抑，却也是生命中不可分割的事情了，不意，竟然被朋友们的关心浅浅地融化开来。

我将这首小作放到网络上，便有朋友随缘②为它配了图片，于是，寥寥数笔的枯字，便成了有血有肉的灵魂，更让人充满了遐想。

箭弛③也来了，带着他深邃的目光和哲人般的笔触，轻轻地小结了一段九连环般的心情。

连环扣连环，

相倚更相连。

相握久相远，

相去再相牵。

面对我可爱的朋友们，无以回报，只能以幸福的姿态来表达我的感谢之情了。

谢谢你们，我的朋友！

2009 年 01 月 30 日

补注：

① 连环：即九连环，中国汉族民间智力玩具。以金属丝制成 9 个圆环，将圆环套装在横板或各式框架上，并贯以环柄。把玩时，按照一定的程序反复操作，可使 9 个圆环分别解开，或合而为一。

②③均为网友名。

失 眠 （二）

夜

半壶清酒半盏灯，

风花雪月1：无菜之酒还是清冽之酒？
风花雪月2：灯光暗淡昏黄。
风花雪月3：孑身独醉，触目凄伤惨淡。

一枕新凉一席风。

风花雪月4：本来在这炎热夏夜躺在铺着凉席的床上是一件惬意的事，可因为主人此时的心境而把清凉变成清冷。对比的手法，更突出主人的境况。

翠禽梅仙①无处觅，
满庭候蛩②鸣月中。

风花雪月5：明知道无论自己思绪走多远，憧憬多美好，院中消暑蛐蛐彻夜不停的鸣叫声总会把一切拉回现实当中,即便是那皎美的月色也应是来自广寒的清辉吧。

注:

① 翠禽梅仙:引自《龙城录》,赵师雄在罗浮山遇梅仙之后,却如一梦,醒来唯有翠禽枝上轻啼的怅然若失。

② 候虫:即蟋蟀。

失 眠 （三）

采桑子·念陈抟①
恨君不曾伴我饮，

风花雪月1：君生我未生，我生君已老。情之憾！

独自斟酌，独自斟酌，
憔悴数更烛泪落。
恨君似曾伴我饮，

风花雪月2：愿君心似我心，日日共君好。性之憾！

三杯两盏，三杯两盏，
君且醉去妹凭栏。

风花雪月3：读后长吁，汗颜频，亦当无寐无寐。

一 茶 一 玉

茶（原文）

元稹

茶

香叶　嫩芽

慕诗客　爱僧家

碾雕白玉　罗织红纱

铫煎黄蕊色　碗转曲尘花

夜后邀陪明月　晨前独对朝霞

洗尽古今人不倦　将知醉后岂堪夸

玉（和文）

盛之

玉

华内　　简裾

君子德　　文人喻

青白温润　　羊脂丰腴

河磨出辽岫　　独山南阳绿

头枕如意翡翠　　手把貔貅糖壁

解世间山高水低　　看人间柳陌花衢

点　绛　唇

　　雨过园林,满庭槲叶著清露。浊酒频沽,愁绪浑无数。醉问苍穹,尊前无觅处。林花谢,残红春暮。商海待谁浮?

笔者注:
　　曾一度处在人生最低谷,曾有很多不能释怀的事情。如果不是母亲坚定地在我身边,接纳我,安抚我,或许我已不会有现在这样的生活。感谢我的母亲!

沉醉东风

[引]

时值冬日,旗散歌歇,风摇亭榭。但得闲趣,小酌,浑填一曲《沉醉东风》。其非填也,实为改字。觉得过瘾,故示,只为博尔一笑。

[双调]沉醉东风·闲冬

恰别了小桥流水篱笆,早来到秦砖汉瓦自家。雪花鬓边开,西凤城头洒。直吃得欠欠嗒嗒。醉了同窗不劝咱,任娇容憨态睡傻。

冬 夜 思

芙蓉帐下文章静,华清池畔笔墨霜。
寒夜执颐谁为伴,秦时明月汉时光。

笔者注:

  这是 2009 年回到西安以后的一篇小品诗。记得有那么一个晚上,我一如既往地想缠着正在绣花的妈妈跟她聊天,结果却屡次被妈妈驱逐出她的绣房,于是,一个人无聊地坐在窗前凝望夜空。这时,妈妈忽然走到我屋里来,看到我,面带微笑地说:"你就以现在的场景为题目,写一首小品诗吧。"于是,有了这首诗,这也是我自己最爱的其中一首。现在又多了一个喜欢它的理由:看到它就能想到妈妈那个晚上的微笑。

狼

[序]

吾友箭驰好难人,以"杀"为娱。昨夜出两句,题为

风花雪月1:破题入笔,引句入境,吊足胃口。

《狼》,令续其言。两句如下:群狼寻食露狰狞,獠牙冷月竟相倾。

风花雪月2:群狼凶相,纤毫尽展,当难出其右者。

详端词句,便觉羞愧难当,无以附和。寝,不能寐,忽有词句造访,因作下言,以慰自心。

风花雪月3:可见作者对文之爱,对友之诚。

风花雪月4:突发灵感,佳句偶成,幸也。

狼

天高深涧溪，

风花雪月5：前两句笔墨虽浅着狼行，重彩铺景，但群狼凶险，迅疾，凌厉之势倏然展开，读之摄人心魄。

地迥群狼疾。

风花雪月6：这一句更兼点睛之笔，狼的生存环境、狼群过后之惨烈场景虽没有直接写出，但想象空间无限，意境更远。

蒿荒低坟冢，

风花雪月7：此句中"坟冢"二字在通篇意境中略显破坏原始野性之感，换成残骨、枯骨，同时把低换成欺，如何？

林疏冷月凄。

风花雪月8：笔者通篇不着狼形，仅是通过落笔生存环境的一处场景，便能以景生情，以静逸动，构思奇妙，语句平实却波涛暗涌，实难得之佳！

破 阵 子

  二十年来漂泊,三千里地家国。扁舟充作江南客,珠江小酌曾纵歌。可怜梨花落。

  梨花落尽蹉跎,壮志韶华消磨,但借南弦颂崇焕,舟畔驻辇众人啜。泪洒东江侧。

笔者注：

  漂泊,不仅是两个字,更是一种人生。其中有懵懂无知的憧憬,有血雨腥风的挣扎,有波澜壮阔的进取,有倒枕捶床的悔悟……

秋 夜 柳

雨过春水远，
风尽秋月寒。
阶下双垂柳，
承露捧珠盘。

2014 年 10 月 14 日

清　唱

横琴深院轩窗,
帘外月落谁墙,

簟枕宝筝空置,
枉教莺儿清唱。

笔者注:

  我是一个极易发呆的人。在家里,通常只要母亲没空理我,我便可以对着任何一样东西久久地呆看。每于此时,母亲总是问我在想什么。可是,每次都如同别人口中的"做梦"一样,一旦被问醒,就什么都不记得了。当然,我真正的梦却大不一样了。我每晚都有梦,每个梦都能记住,有的可以经年不忘,这些都是后话。《清唱》就是我经常发呆的一种写照,妈妈总是告诫说,在我无作为的夜晚,生命里的其他生物却生机昂扬地活着,我这样浪费时间的行为真真是一种对生命的不尊重。然而,如今我已经学会了不再随意挥霍自己的生命,抓住每一刻来充实自己,可母亲,却真的不再理我了。

秋望长安

（一）
挥却暮春晓
始觉雨后秋
长安无限酒
谁与共消愁
（二）
丹叶花已黄
落木霁云收
别雁徘徊舞
钟鼓声渐忧

笔者注：

　　这两首小品诗是我 2009 年回到西安以后，因为一段时间内没有去工作，在家里闲着，于是有了各种不习惯，总是向母亲提出希望回到南方去，然而，到底还是没有回去。因此，每天触物感慨，借酒消愁。如今想来，没有回去，能够留下来，在母亲身边陪她走完最后的时光是多么幸运的一件事情，不然，我会良心不安到死的。感谢上帝赐我以陪伴她的机会！

袁 家 村

（一）
晨起行幽谷
荒草没溪桥
道旁青果树
秋阳无力骄

（二）
小轩雕梁木
村舍酒旆高
来者皆无醉
何事惊雀巢

（三）

落红覆清泉

野径微雨断

疏寂唯古韵

不解女儿缘

笔者注：

回到西安后过第一个生日，友人和母亲带我去袁家村。袁家村在陕西省礼泉县东北约20公里处，紧挨着昭陵博物馆，属烟霞乡辖内，曾经在政治风浪中闻名遐迩。这是我离开西安的20年里，渐渐兴起的农家乐文化的一个代表村落。

放眼望去，村落的所有建筑和装饰，无论是院落的格局，还是门前的那些摆设，无不透着上个世纪浓郁的关中特色。相互穿插的小巷里分布着面坊、油坊、醋坊、酒坊、豆腐坊之类的店铺，很多是商业性的，能满足游客即兴购买之需，农家乐里都是地道的关中农家小吃。最应大书一笔的是这里的女儿红，竟然会陈列在一个酒吧内，这恐怕就是一种现代元素的朴素应用吧。

谒 金 门

癸巳春游宝鸡文化廊桥有感

夜水寒,青月醉散两岸。原上草露原下涓,故牺新垅盘。秦岭山麓回首,半掩梧桐浅愁。消息不知四时改,一世春梦留。

容我偷闲

[引]

酿。浅斟高唱,曲飘情伤。叹,风霜满鬓,白发如苍。驻足回首,相觑曰:容我偷闲!

[南吕]金字经·容我偷闲

共三五知己,诉雪月风花。但以浊液换茗茶,呀,不醉不还家。归去来,诗酒清风生涯。

笔者注:

我将这篇《容我偷闲》放到网上以后,有很多网友回复,回复间还有互动,回想起来很有趣味。因此摘录一些有趣的,仅作纪念:

——静听风寒①和01

夜星坠入天,坐听空谷前。一盏清茶续静缘,月,似曾古人面。天涯远,笑言独自偷闲!

——弯弯和静听风寒

罗幕轻纱寒,斜阳照阑干。双飞燕紫戏檐前,细,春雨润亭轩。空念远,偏我不得相见!

——静听风寒和02

不慕百花艳,只随闲草繁。双双蝶儿舞面前,帘,捎来夜月天。今非旧,对花一醉方休!

——知乎者也②和01

值零九酷暑,温秋实春华。权且免费浴桑拿,哈,越躁越挥洒。来去归,诗酒清风瘦夏!

——弯弯和知乎者也

马路上晒人,树荫下藏身,躲得一夏又一春,你,越过越安稳。没事来,听我慢叙乾坤!

——知乎者也和02

马路上没人,树荫下飘魂,荡遍一镇又一村,我,越来越没劲。立正姿,待长官教训!

补注:

① 静听风寒:朋友的网名。

② 知乎者也:网友的网名。

甲午年重阳忆母

深居故闺里,佳节独自吟。
连山似波寂,遥望醉酩酊。
别后不登台,移莲倍思亲。
与君案前坐,集凤竹丝鸣。
清秋高处舞,簇园花菊金。
万峰苍翠色,落泪洒长亭。
雁回芳樽畔,掩面湿羽襟。
一纸素书文,满目相思情。

2014 年 10 月 02 日

笔者注:

  这是母亲走后第一个重阳节,我被思念已经折磨得精疲力竭了。总也不能忘记的是,每逢各种各样的节日,母亲就会要求我写诗词,或亲自带领我和弟弟(有时候还有我的朋友们)一起玩联句。那时的生活是多么开心。

今年我一个人坐在放置母亲骨灰的案前独自玩联句,泪水不停地流泻,思念无休无止,联句欲罢不能。而母亲却不再于我身边或听,或评,或嘲笑了。

想念我的母亲。

殇

玉盏闲置酒闲香,

风花雪月1:两个闲字,词性不同,意境不同,妙!

离雁不归曲断肠。

风花雪月2:雁回来还会走的,它不是候鸟,注定是过客。

无情最是隔江雨,

风花雪月3:道破缘由,作者因何而引发伤感。

忍教魂梦两情伤。

风花雪月4:炼字拣句如此精达,极具易安当行本色。

笔者注:

总有说不出的爱恋,总有道不尽的思念。可木讷的性格决定我只能将一切诉诸笔端。这是灵魂空落落的感觉,是不能够用醉酒或宣泄来填充的空虚,是今生对上一世寂寞的守望。

想念我的母亲!

忆 江 南

十年逍遥在东江,
曾为江月醉几场。
春色两岸青如许,
可园深处闻墨香。

笔者注:

  妈妈总是问我,你流浪了这么多年,能简短地总结一下你在哪儿,记忆最深的是什么吗?

  于是有了这首忆江南。

  如今,妈妈走了,我却一直在想,我活过这么一遭,能简短地总结一下,我是怎么活的吗?似乎有点难。但我一定要想出一个最佳描述方案的。因为我知道,去见妈妈的时候一定是要交卷的。

霸 王[①]

东江不随楚君去,菊花却做旧时黄。
苟且未必尽酬志,谁道归来皆霸王?

注:

[①] 网友火狐在我的空间里放了一首诗:"陈君蹈海志轩昂,难酬付浪亦心甘。身亡未必真豪杰,何必从头学霸王?"于是,我的网络空间里有了小小涟漪,引起一阵应和之词,我的这首《霸王》也是为和他的诗文而作。

不该忘的
——毕业留言

风花雪月:
时间留在表盘上的刻痕,
填塞着记忆的碎屑。
抹不去,擦不掉,
又难以拾起。
街角的灯光映衬在夜晚的
窗前。
那年树荫下的斑驳,
现已无从捕捉。
相册中的你,
可还记得,
在我耳边的私语诉说?
旧城的雪,

不该忘的
　　总是在疏忽间遗漏
而该忘的
　　却在静默中永存

我曾追夕阳
　　渴望在红霞中隐没
也曾去采云朵
　　希冀在云朵里投影下另一个我
我去河畔
　　在波动的河水中寻找记忆
我上了山峰

想从此拥住雾的迷蒙

希望
  从心底流过
记忆
  在眼底消失

时光轻吻着我的双脚
  匆匆地,匆匆地
  青春将要逝去。

掩盖了枯零的黄叶。
字迹,
停在那一刻。
笑容,
却伴着永恒。
时间或许磨平了心。
渐渐地,细细地,
却渗入了她自己的纹路。

黄　河　谣

我在黄河的上游彷徨
两岸流淌着眷恋和迷茫
心里默数着远行的征帆
河水里翻卷出送行的浪
哎嗨,哎嗨
河水里翻卷出送行的浪

河面上飘荡着我的忧伤
冬日里它在冰层下躲藏
胆小而怯懦地希冀着
路过的鱼儿愿聆听他的衷肠
哎嗨,哎嗨
路过的鱼儿愿聆听他的衷肠

两岸是我儿时的梦想

夏日里它们嬉戏在绦绦的柳丝上

恣意放纵地向月亮唱着情歌

歌声散落在河面变成了多情的清凉

哎嗨,哎嗨

歌声散落在河面变成了多情的清凉

我在黄河的上游彷徨

记忆在两岸排成一行

闭上双眼我找寻他旧日的倜傥

浪起波落的是他伟岸的胸膛

哎嗨,哎嗨

浪起波落的是他伟岸的胸膛

我爱这汹涌的胸膛

熊熊燃烧的是我回归的梦想

黄河水,我的爱人

你才是我魂牵梦萦的渴望

哎嗨,哎嗨

你才是我魂牵梦萦的渴望

你是我的血脉

你是我的呼吸

你是我凝视天空的双眸
你是我感受宇宙的肌肤
你是我的一切
因而,我就是你
奔走千年,不倦地流淌
哎嗨,哎嗨
奔走千年,不倦地流淌

芦苇笛为谁响起

别
为我费思量
芦苇笛
水无痕
风无际
泪淌我心里
消没了秋的痕迹

谁人
牵你我
断桥两地
曲将终
万般追忆

又将飞花舞起
乱了这忧音

你为谁
撩动飘飘的细雨
舞弄这无边的魅力
分明是
那释怀了
久久的怨曲

这年
芦苇荡里
曼妙着你的身躯
惹出
我泪珠儿一滴两滴
你却说
那不是为了你

童年是一座小城

童年
是一座小城
小小的封闭的堡垒
有着小小的如织的心情
一如
小小的方方的书简
记录着小小的秘密的深情

童年
是一座小城
小小的整齐的回忆
有着小小的幽静的轻风
一如

小小的迷人的幻想
遨游着小小的辽远的太空

童年
是一座小城
小小的热烈的骄阳
有着小小的耀眼的光芒
一如
小小的小小的梦中人
独居在小小的爱的圣堂

童年
是一座小城
小城里每一片被幸福溶化的
都是我小小的渴望

无 题

绚烂的晚照
散尾葵在夕阳下的飘摇
窗棂上点缀的波光
是江面上滟滟的春潮
水畔静静搁浅的渔妇
蛙群用两腮擂响的暮鼓
两岸垂柳的树梢上
摇曳着风儿的踌躇
我没有忘记
……那是家
庭院如玉
浮云如花

还有一屋的书
外加钢琴一架……
那里曾是我的天堂
多少次在露台上把夜空凝望
深蓝色的寂寞啊
你何时成了黑夜的衣裳
如今
静掩的窗子隔住了尘封的孤独
记忆
用希望伪装了影子般的脚步
我一刻不停地计划着未来
未来却用这影子描绘着我的路
这路上可有云和树

夜　风

夜风
　　　是月亮送来的情书
踏着
　　　如歌的行板
留下
　　　温软的脚步
轻轻悄悄
　　　挪移着流连忘返的舞姿
荡气回肠
　　　吟诵着如泣如诉的诗赋
它恣意的飘摇
　　　仿如迷醉的梦呓

Mr. Cigar 1：
　　月亮的笔触轻轻地划过心的皮肤。

Mr. Cigar 2：
　　夜风是一种能够让人感怀往事的东西,也给人保存记忆的灵感。

掠过
　　幽草边的梦境
吻遍
　　花瓣上的露珠
夜风
　　它是月亮送来的情书
羞涩的歌声
　　是我双眸凝目
悠悠的长叹
　　是我对月亮的轻呼
夜风
　　你却甘作月亮与爱的信奴

Mr. Cigar 3：
　　只能眺望着身在远方的你，不知道你是否收到我的回复。

Mr. Cigar 4：
　　可爱的夜风，劳你将爱来回传递。

启轩禅旅
——轩外红尘倦笔墨

黄 山 游 记

[序]

时间：2001 年 4 月 30 日
地点：抵达黄山屯溪机场，入住国脉大酒店
天气：阴有零星小雨，18 摄氏度

  还未曾从开始放假的兴奋中回过神儿来，便又落脚黄山市了。一百二十元人民币的十多分钟出租车费着实令我吃惊不小。然而，毕竟上当总是在醒悟前发生的。

  黄山市并没有我想象的那么差。笼罩在厚厚阴云下的南方建筑，被雨水涤荡的如天一样柔和。不宽的马路上，两边缀满了整齐而鲜艳的小广告牌，马路的中央也像模像样地用黄色油漆画上了笔直的、寂寞的、摆设一样的、无人遵守的分界线。

入住后由于时间还早,我和同伴相约来到了久负盛名的屯溪老街。

这是一个具有浓厚旅游商业区氛围的狭窄的小街区。从宽大的、凌空的、半弧形的老街坊牌后面又叉分开三条小路,每一条小路主营一类特产。歙砚、毛峰、石耳、笋干等便分门别类摆在了拥挤的小店里面。

细雨蒙蒙,晚风微冷。徘徊在琳琅满目的老街上,忽然间眼前豁然一亮,原来,老街的拐弯处竟然有三间比邻的网吧。虽然规模很小,只有十八平方米左右的小房间,却可见,这里的文明程度远远超过了我的期盼。

夜晚,枕着黄山的春风,听着间或有之的春雨,大脑里既没有起伏的思绪,也没有对明天的憧憬,就这样犹如在家里的任何一个平淡的夜晚一样,静静地睡去了。

后记:

黄山的黄包车与别处的并无二致,不同的却是蹬车的人。我有幸遇到了一个地道的黄山人,竟不曾想,同时我享受到了一个地道的好导游。因此,在第一天到达黄山市后,便对黄山人抽什么烟、喝什么酒、喜欢去哪个广场等等都悉数知晓了。

烟:十二元、十六元、十八元、二十二元不等。

酒：啤酒——主要是酒精含量在百分之二十二左右，适合安徽人爽快的性格要求。白酒——四十八度左右，为当地人所青睐。

花絮：

鲜蕨炒肉竟然吃起来很像蒜薹炒肉，说是野菜，却比其他更可口。初到黄山，便爱上了鲜蕨。傍晚不得不走那么多路的原因，多少和两大碗饭有些关系。

[第一篇]

……挑灯壶天贡阳麓,唯恐黄耳不传书

时间:2001年5月1日
路线:白鹅岭——北海宾馆——清凉台——狮子
峰——石猴观海——始信峰——北海宾馆
天气:薄雾、多云、细雨、初晴

一、观云海

薄雾轻拥着沉睡的山脉,早醒的人们如八音鸟般在山底撒欢。从云谷索道上到北海只需8分钟的空中"爬行",然而必须要舍得撇下"入胜亭①"的唏嘘及"皮蓬②"的仙人指路。我们在高人的指点下,选择了云中赏景。

满载57人的索道车,在"吱呀"一声之后懒洋洋地起程了。缠绵在山腰的薄雾渐渐变成了一朵一朵的云团。车内的每个人恐怕是有着同样的想法,所以也都伸长了脖子,想透过云层把远处的景观看得真切一些。忽

而,云团汇成了一片。黄山四大奇景之一的"云海"就这样于不意间出现在眼前。

疏密不定的云,竭尽全力地在我们眼前展现着它多变的风姿。时而散如山花,时而聚如幔卷。形散处,怪石嶙峋雄伟真切;聚浓时,波涛汹涌浊浪拍天。时而如丝如绸,轻柔飘逸;时而似受惊野马,风驰难牵……

久闻"五老荡船③"须云聚时体会最真,由于路线,没能够有这样的眼福,再说云聚亦不是天天有的,然而,眼前云海中那些若隐若现、虚虚实实、模模糊糊的景致和那些令人捉摸不定的变幻早已有不止五老在这里摆渡了,哪儿有什么遗憾可言。

短短的8分钟缆车,短短的8分钟"观海",恰是我人生第一次将自己迷失在云与海之间。

二、信步北海访石猴

从云谷索道出发到达白鹅岭站,上下海拔相差770多米。下得车来,只觉得阴云被松的绿波推散,天,似乎渐渐晴了起来。急趋投宿北海宾馆,主要是想尽早卸下那沉重的行李。白鹅岭到北海宾馆只有3华里的路,沿途竟可以看到一些散落的阳光了。

这是一个四面环峰而略显平坦的地方,又名散花坞。旁边鲜艳的小矮楼有着石砌的外墙,水泥筒式的红色瓦顶看起来设计精巧,同样风格的餐厅与主楼参差错落地肩踵相连。主楼面向"清凉台",楼前有两片人工修葺的空地,台阶般上下并铺着,不少的游客争相在这里休息。这儿,就是夆阳山麓的北海宾馆了。北海宾馆的四面是可以通往不同胜景的小路,因此,宾馆前的这两个平台,几乎成了所有游客的转折栖息点。

放下背囊,我们又出发了。北海到狮子峰只有 1.5 华里,此刻,散落的阳光被墨云收拾了去,迷迷蒙蒙的便是翩然而至的细雨了,这雨温柔地将整个北海簇拥了起来。同伴似乎并没有觉得这春雨扫兴,仍然兴致勃勃地叹道:"快!快!还有点时间。人家说,不到狮子峰,不见黄山踪。咱们今天不但要去看看黄山踪,还要欣赏一下这'渴饮南山雨,饥吞北海烟'的雄狮是怎样威震大千的。"

前往狮子峰,首先到达的是清凉台。此台突出在三面临空的危崖上,有水泥栏杆护围,犹如孤鹰断翅。附近山岩上留有"清凉世界""万壑幽邃"的字样,看了后,不禁觉得除了高处,危绝处也应不胜寒的。"快走吧,清凉台适合观日出,现在我们还是去狮子峰探望石猴吧。"同行者很执着,并劝约登顶,我虽对走马观花式地看景有些微词,但无奈已是傍晚,又恐延误了时间会生出许

多不必要的麻烦,因此也只好默默随行。

石猴观海又称石猴望太平,状似顽猴小心翼翼地蹲坐在峰巅。这时,有的人开始赞叹自然的巧夺天工,有的人不禁感慨沧桑人世竟由一猴做见证等等。而我,却听到了远处的钟声,那是送顽猴归东土的钟声么?

寻钟声择路而下,方知那是清凉寺的遗址,现今那楼寺早就荡然无存了,只有这钟声还时时敲击着那些即将忘却的回忆。

三、聚音松旁始信奇

匆匆自狮子峰顶的"石猴望太平"折回北海,再沿东北拾级而上。远远地,便是始信峰了。

始信峰有很多传奇。据说明代黄氏登临此峰才开始相信黄山为天下奇山,于是,不少文人墨客在此留迹。直至乾隆年间,江丽田为祭其祖常登始信峰,且垒石造台,乐音于此。传说,每曲必有奇松合其音善自曲直,那便是聚音松了。

傍晚的天色渐渐初晴,在晚霞的陪伴下我们没有留恋路边的黑虎松、连理松、龙爪松等,而是贪婪地享受着雨后初晴的泥土气息,一路小跑飞奔到了山顶。

再看聚音松,虬枝盘生,已尽枯萎,矗立在琴台石的对面,看起来很像谦虚的老者。没有风,因此无法领略到传说中的曲直自娱、枝叶传音的美妙。然而,它安静地守候且耐心地聆听的神态,默默地带给人"如有听众般"的愉悦。

  倚聚音松向峰外瞭望,远处的天边是酱紫色的晚霞——层峦叠嶂的绿,在绛黑的夜色中如波涛暗涌;陡峭的万丈悬崖外,有奇石夺艳,风姿绰约,景色堪称独秀。

  我坐在江天一独隐的巨石上,腿脚微微有些发软,不敢侧目环视。屏息聆听,晚风渐渐消没了游人的声响。山顶,悄然安静了下来。

四、挑灯壶天贡阳麓,唯恐黄耳不传书

  依依不舍地下得山来,再次回到北海已是月亮高悬、夜色入深了。在房间里辗转,想写下今天的感受寄给母亲。于是,打开纸,却觉得一时间难以下笔。从哪里描述好呢——鞠躬谦逊的古松?默然无语的琴台?石猴的犹豫?清凉台的钟声?……

  许久,终于拿出一张标有"始信峰"字样的明信片。匆匆写下:

    不解张申[④]难离斛,

误因白堕[5]不愿渡。

云海秀石身旁荠,

始信天下有奇埠。

挑灯壶天贡阳麓,

欲于何处访此兀。

寄斯山水求共享,

黄耳[6]贪景不传书。

女 儿 雨

2001年5月1日于贡阳山麓北海宾馆

后记:

1. 看房观价方有白豕愧

狮子峰海拔1 683米,始信峰海拔1 690米。可是,这两个数字并不是我今日觉得最为震撼的,北海宾馆一晚1 280元的房价,却是我有记忆以来觉得最不顺耳的数字组合了。

不知是否因为假期的缘故,北海宾馆的房价是这样标出的:豪华套房——8 880元/日,普通套房——6 880元/日,豪华双人房——4 880元/日,普通双人房——2 880元/日,豪华单人房——1 280元/日,普通单人房——1 280 元/日……

2. 皇帝的女儿怎愁嫁

北海的餐饮另是一番风景。巍峨的山上寥寥的酒店,给黄山的游人带来了几多欢喜几多愁。

北海宾馆的餐牌如下:

早餐:40 元/位。稀饭、四种凉菜(老板菜、腌白菜、油炸花生米、腌干菜叶子)、馒头、花卷、甜糕点(看起来不太新鲜,也不知吃起来如何)、豆沙包。

中餐:80 元/位。稀饭、大辣子炒豆腐干丝、红烧肉(烧得不太透,多少消减了我长期以来对红烧肉的热恋)、凉拌黄瓜、凉拌西红柿(还有两个不记得了)。

西餐类:

咖啡:速溶的——25 元/杯;煮咖啡——35 元/杯。

蛋糕:30 元可以买到巴掌大、掌心薄厚的蛋糕两片。

花絮:

清凉台小憩,钟声绕在狮子峰的周围,在这涅槃般的时刻,回首望时,古钟的旁边赫然一手书纸牌:保平安！送祝福！一次两元！

注：

①入胜亭：黄山旅游景点。

②皮蓬：黄山旅游景点。

③五老荡船：黄山云海一景。

④张申：引自典故"壶里洞天"。张申为云台道观主持，他有一把酒壶，只要念动咒语，壶中会展现日月星辰、蓝天大地、亭台楼阁等奇景，更令人惊奇的是他晚上钻进壶中睡觉。

⑤白堕：《洛阳伽蓝记》载，刘白堕善酿酒，饮之香美，经月不醒。青州刺史毛鸿宾赍酒之藩，路逢劫贼，饮之即醉，皆被擒获。游侠语曰："不畏张弓拔刀，但畏白堕春醪。"

⑥黄耳：《晋书·陆机传》，"初机有俊犬，名曰黄耳，甚爱之。既而羁寓京师，久无家问……机乃为书以竹筒盛之而系其颈，犬寻路南走，遂至其家，得报还洛。其后因以为常。"

[第二篇]
……女娲留石转通灵,飞来巧作桃花峰

时间：2001 年 5 月 2 日
路线：清凉台——光明顶——桃花峰——排云亭
　　　——丹霞峰——北海
天气：晴

一、再拜清凉赏日出，远观对弈烂柯人

从梦中的绿色海洋里挣扎出来，已经是 5 月 2 日凌晨 4 点 55 分，酒店通知看日出的时间是清晨 5 点 23 分。这必须要再上一次清凉台看日出了。

清凉台上已经站满了游人，狮子峰顶的石猴栖息处也被先到的人们占领。不得已，在清凉台前的小山坡上找了一个便于驻足的地方，算是可以正式等待日出了。这是一个不大的平缓坡，突出于山体之外，几乎与清凉台并行。坡顶上长满了黄山松，日出的东方只能在松枝间得以观览。这地方却让同行朋友兴奋不已，他以为在

松枝错落间拍摄日出，真是求之不得的事情。

远天上清白的云层渐渐提高了亮度，瞬间，那鱼肚白般的云上便透出了一抹橙色，与此同时，满山观日的游人们便有了一些异样和小小的骚动。霞光与云层慢慢地分离开来，逐渐饱满的云霞将天空逐层染成了橘红、橙色、金黄色的画布。这时，随着一声高呼，太阳如芙蓉出水般亭亭崛起。耀眼的光环里面镶嵌着温柔的橘黄；进而，这橘黄的颜色透出了光感；稍许，那光感穿透了整个球体；最后，在万道霞光中，一轮红日挂在了天空；10分钟之后，球体的红色逐渐被光取替。略算来，日出前后共20分钟，太阳便由初始的少女，变成了慈爱的母亲，明亮而温柔，她正用通身的光来拥抱着大地和人们。

侧观卧狮山上的这些树木，笔直的树干被初升的阳光留下了斑斑痕迹，太阳柔和的光线铺洒在深浅不一的绿色树木上面，与山背处阴冷的苍然形成了鲜明的对比。两个世界般的天地，使游人们不知自己是置身画里，还是在纸边览胜了……

在曙光亭小坐，为的是回味一下这令人震撼的日出。无意间，远远看到了传说中的仙人对弈峰。只见两位仙人捻须而立，神情专注于中间那棋枰松搭成的棋盘。山壁陡峭，岁月及风雨在峭壁上刻下了惟妙惟肖的痕迹。最有趣的,还是右边棋仙身后不远处的一位"观棋者",他伸长了脖子,肩斜目直做苦思冥想状。看到此景,不由得想起观弈烂柯的典故,禁不住哑然失笑了。今天看到王质①又来这里观棋,真是要笑他死性不改,不怪得"花凋斧烂,归去无人识了"。

二、漫山婆娑仙未扫,八音啼处客难眠

久立光明顶上,一时语咽。回想登临时几经疲乏,终得以观此景,实不为憾。这平坦而高旷的山顶上,有四面来风,可八方观景,能将黄山大小峰峦尽收眼底。远处,丹青泼绿,深浅不一,杜鹃花春粉洗面;近处,群松翘首,傲立平芜,蔷薇树含水宿烟。不由得想起了"心事数茎白发,生涯一片青山"的诗句来,但不知自己的一生是否真为"空林有雪相待,古道无人独还"。

从清凉台返回北海,今天又上到光明顶才真正让我感觉到了登山。昨日在始信峰上的一路小跑,今天早已变成了一步三歇。这 1 860 米的海拔虽不算之最,但是来回在 1 860 米的山上行走,确实是最中之最了。我羡慕地看着欢快愉悦的友人,只见他举着相机一会儿奔跑在南北方向,一会儿徘徊在东西两端。辛苦时,坐下来感慨不迭:遗憾时间不好,此时有云景色应更佳。

于是,想起道家的"顶"字论。道家以为:做人最忌"顶"字。因为,在山顶上的人,无论向哪个方向走都是下坡的……想到这里,我会心地笑了,因了此时此刻,平生第一次晓看凡间悟,缘于立顶巅。

择径绕顶,我们又奔排云亭方向而去。然而蹊跷的是,迎面擦肩而过的不少游客,不约而同地都是一路走着,一路哼着电视连续剧《红楼梦》的主题歌。

曲折蜿蜒的小路,把我们领到了一个奇特的地方。这里,有一巨石高耸入云,仰望竟有势欲压顶的感觉。旁边的石岩上刻着"画境"二字。看到这块石头,我抿着嘴笑了,朋友亦会心地看着我笑。原来,这10余米高的巨石,曾被我最喜爱的电视连续剧《红楼梦》选为开篇剧首的镜头。原来,那些游客与我一样是触景生情,不能自已而哼唱起了那段脍炙人口的主题曲。

传说女娲补天剩下两块石头,一块叫作"通灵宝玉",后来被贾宝玉口衔出世;另一块则是因为听说黄山的风景太美,便跑来凑个热闹,成为现在我面前的这块"飞来石"。从不同的角度看,它有不同的形状。据说,在棋峰山上观此石,状似仙桃,于是此山得名仙桃峰。

曾有诗曰:"知尔是飞来,恐尔又飞去。"那么曹雪芹是否也是想这样来讲述贾宝玉及其身边的红尘故事呢?感慨颇多,忽然兴起,附诗一首:

江公慵坐风拨弦，
落落长松月上圆。
漫山婆娑仙未扫，
八音啼处客难眠。

朝醒声催清凉钟，
午醉八面天阙风。
漏石凡间通灵转，
飞来巧作桃花峰。

三、仙姑多情遗金莲，"和合"同锁绣花边

排云亭是一花岗石质长方形小亭，修建于西海门前。排云亭西面是西海大峡谷，而西海的主要景点都在这个大峡谷内。从飞来石上到排云亭只有2华里，排云亭拐弯处，已经开始见到斑斑的新旧铜锁安静地依偎在路边的护链上了。

据说，有云的时候，云海翻腾，但每扑于此亭，必被排落至峡谷。有此神奇，不但吸引了许多游客，也留住了不少仙人。

很多嘴边歪举着喇叭的导游，歌咏比赛似的在这里介绍着对面的风景。也难怪，从排云亭向西看去，青山各具神态，绿树点缀洞天：有的如两位和蔼的老人于峰

腰处并肩而立,翘首神池;有的如盛装将领于峰顶慨言壮志;有的如天庭玉女下凡舞音;有的状似乖狗于弦边聆听。最被导游们津津乐道的是两块纠缠在一起的竖石,他们被人们称作武松打虎。最让人们一目了然的是一只经世晒晾的神靴,然而,最多人与之留影的,却是传说中八仙姑遗漏的绣花鞋了。

沟壑里竖立着一根粗壮的石柱,石柱上有一块远观近似坡跟鞋的石头,这块石头便是人们所说的仙女留下的绣花鞋了。于近处细看,后跟竟是两块独石紧密接靠而天成的。导游在这里大做宣传,认为在这样的石头前挂上一把锁,小情人们便会永世不离了。

不去理会这样的说法是否符合逻辑,吉祥的祈祷总是令人安慰的。于是,我去挑了一把铜锁,刻字时,工匠问我刻什么名字,我看着友人笑了,他也看着我笑,目光间闪烁着疑问和紧张的神情。我在纸上写下了"和合二仙[②]"四个字。他却顽皮地问:"取前一种说法'夫妻'之意?"我哈哈大笑:"不!取兄弟情深!我更喜欢后来人的引用。"

于是,黄山的情人锁链上多了一把"和合二仙于排云亭留念"的铜锁。

四、朱砂岩上望落日，丹霞一片赤子情

登丹霞峰与其他的峰有些不同。其他的山峰，无论山势怎样陡峭，石级路总是修建得尽量平缓。虽说，人们入黄山前就得到了"走路不观景，观景不前行"的警告，可是规矩的登山石级却给驻足观景的人们带来了舒适和享受。唯有丹霞峰，在相当一段山路上不见了这人工修饰的痕迹。

大约65度角的山坡上，有深浅不一的石凿阶梯。仰头看天，却只看得见半壁青山、几棵松树；俯瞰来路，也只有同行者的头顶，不见来时的路。整个丹霞峰被太阳照得寂寞无声。我笑的时候，山也和我一起笑；我谦虚地说自己不行了，山也同我一样谦虚起来。友人给我鼓劲儿，于是，大山推动着我的脚步，不知不觉间，我们来到了峰顶。

丹霞峰上有两个年龄较大的游客，我不禁暗奇他们是怎样上来的。其中一个正在慢慢地讲述着什么："我在罗省的时候，他们总是让我到这里到那里去旅游，我也看了不少，但是，我始终都会告诉他们，我最想去的还是中国的黄山。有机会，也让他们和我一起来看看。"旁边的老者问道："为什么一定要黄山呢？"头一位老者又

说道:"怎么说呢,黄山回来不看岳嘛。身为中国人,自己国土上的胜景都没有看到,就算游遍其他极致美景,到头来,也会遗憾九泉的……"

我站在峰顶上,听着两位老人的对话,看着远处的落日……

霞光渐渐收敛了妩媚,清淡的云层被红色的晚霞反衬得有些灰黑。紫色的天空上飘来了远处的几团阴云,阴云过处,深宝石蓝的天空张开了胸怀,轻轻拥住那漂泊了一日的太阳。落日,如归心似箭的游子渴望母亲的关怀般,只瞬间,便给世人仅仅留下了感慨。

太阳,于辉煌的时刻,落山了。

后记:

1. 看日出时,才发现北海宾馆前面的空地上,原来住满了租用帐篷的人们。帐篷里面有棉毯,还有其他相应的小配套,令人羡慕不已。只是上山前我们却不曾了解到,真是遗憾。

2. 狮林大酒店的房价显然没有北海炒得那么高,最高的价钱是2 800元/日,而最低的则也是1 050元/日。入住狮林后,才听隔壁的游客说,原来北海也有点餐的,只是单一个"紫菜豆腐汤"就要58元。

花絮：

1. 十里传香东坡肉

　　月光下的归途，与我的满意和兴奋形成了鲜明的对比。一路上，我们听着树叶摇动的乐音，数着月亮洒下的倩影，回到狮林大酒店的时候，已是夜色幕深了。经过举手表决，我们放弃了八十元的自助餐。因为这里不同于北海宾馆，竟然可以点菜就餐。

　　餐厅里面，一片红火的景象，入得餐厅便能感觉到扑面的一股肉香。这道菜便是著名的东坡肉了。

　　这里的东坡肉，做法上与其他地方或许别无二致，然而，器具却应是独步天下了。烹煮肉的盛具是个一掌高的茶壶，冰糖及其他调料与大块的肉一起放在茶壶中炖煮，煮成后的肉入口柔滑，味道极为甜美。于此疲惫之际、饥肠辘辘之时享此口福，真是穷其生而难寻的美事。黄山的东坡肉，成了我醒时梦里的难忘。

2. 清凉台上的中国姑娘

　　观赏日出之后，人们成组成团的下山了。下山的人群中有一位十八九岁的女孩子和一位高鼻梁、蓝眼睛的

外国人并肩缓行。女孩子却在肆无忌惮地大声说着："Chinese are always stupid!"（中国人都很蠢！）蓝眼睛问道："What?"（什么？）女孩子又说："That girl said 'the sun is too much line and can not get a picture'."（那个女孩子说，太阳的光线太强不太容易照相。）蓝眼睛想了想似乎有点明白了，眼前这位美女是在议论另一个中国女孩子，于是又问："What do you think?"（你怎么认为？）女孩子不失时机地又一次大声地说："Chinese are always stupid! Someone always don't know like to speak!"（中国人总是那么愚蠢！某些人总是不懂还爱说！）

听到这样"精彩"的中式英语，我们也似乎明白了事情的端倪，虽说不关我们什么事，我和同伴依然目瞪口呆。同伴的脸已经有点变形了，只见他尽量和气地走到这个女孩子身后，却举起自己的相机套叫道："小姐，这是您的么？"女孩子转过身，一脸的不客气和被人打扰的表情匆匆地回了一句："不是。"

我的同伴忽然劈头就问："您是哪里的？还在读书吗？"女孩子再次转回身来："上海外院的，怎么了？"同伴满脸幸灾乐祸地说了一句："没什么。我以为您准是不stupid（愚蠢）国家的人呢，敢情……"

"无聊！"

此时此刻，美女变成了张飞，脸上青一阵紫一阵的黑着，但又很快假装没事儿似的对蓝眼睛耸耸肩，走了。依然用蹩脚的英语解释着什么，显然，她的声音已经降到了最低。

注：

①王质：引自"王质烂柯"典故。王质，晋时衢州（今浙江省内）人，入山伐木，至石室见二位老者弈棋，便置斧旁观。老人与之食，似枣核，吮其汁便解饥渴。后老人对王质说："你来已久，可回去了。"王质取斧，柄已尽烂。遂归家，已历数百年。亲人无复存世，后入山得道。此典故常被用来表示"人事的沧桑巨变所带给人的恍如隔世的感觉"。

②和合二仙：第一种解释是民间传说之神，主婚姻和合，故亦作和合二圣。相传唐人有万回者，因为兄长远赴战场，父母挂念而哭泣，逐往战场探亲。万里之遥，朝发夕返，故名"万回"，民间俗称"万回哥哥"。以其象征家人之和合，自宋代开始祭祀作"和合"神。第二种解释是至清代雍正时，复以唐代诗僧寒山，拾得为和合二圣。相传两人亲如兄弟，共爱一女。临婚，寒山得悉，即离家为僧，拾得亦舍女去寻觅寒山，相会后，两人俱为僧，立庙"寒山寺"。

[第三篇]

……愿弃沉浮三刀梦[①],麟阁[②]换作东山卧

时间：2001 年 5 月 3 日
路线：莲花峰——迎客松——玉屏站——紫光阁
　　　站——温泉大酒店
天气：晴

一、放眼四野身何在，一支孤莲濯青云

　　古曲有调[③]："云来山更佳，云去山如画。山共云晦明，云共山高下……"
　　脚下的便是我此行的最高目的地——莲花峰了。莲花峰海拔 1864 米，是黄山中区山带的最高峰。游人站在大约 9 平方米的山顶大声呼喊，整个群峰都会欢快地回应。
　　坐在莲花峰顶的最高一块石头上远眺山海，静静地等待着夕阳西下的壮观景致。那一片片薄如透纱的云，轻缓地流逸在群山之间，竟然给山脉平添了一份莫名的寥落感。

远处,残阳用它欲滴的橙色不紧不慢地勾画着人们的憧憬。每一朵簇拥而去的云团,每一个屈躬相向的伟松,每一把满载祈福而抛落的钥匙都藏着一个永恒的故事。那些故事,如废墟里面埋藏的碑文,不知要过多少个世纪,方能被发现的,我开始有点后悔了,后悔为什么没有在钥匙上也刻点什么,如若然,或许若干世纪之后会有一把具有参考价值的化石问世呢。

莲花峰旁的晚霞,这时也都各自去游荡,"这一刻,好像是从碧霄外飘来的时光,天边那落日的余晖,也仿佛是来自天堂……"在这样的时刻,想起了这样的诗句,我的视线竟忽然地模糊了起来:"真有点不知身在何处了!"望着即将消没的夕阳,我不禁感慨道:"天堂里可有西落的残阳?"

二、黄山留客不说话,文殊洞旁数年华

怎样壮着胆子下得好汉坡,已经不知道了。只记得仅够一人上下的、半壁悬空的好汉坡上,曾有一位女子匍匐在阶梯上,死活都不肯移动半步。后因造成阻塞,她身后站着的男子好言相劝,连拉带拽地把她领下了坡……其实,我若不是为了在同伴面前充英雄,早也会吓

得和她半斤八两。

下到玉屏楼时才觉得小腿不停地颤抖,可是,无论怎样也是不能错过迎客松的。所以,马不停蹄又去迎客松方向了。

玉屏楼向西南,有一小径直通文殊院。久负盛名的迎客松,就落住这里。沿小径缓缓而上,依山的石壁上逐渐多了许多石刻。"岱山失色"等字样在这里看起来多了许多情趣,少了几分霸气。走进文殊院的空地,首先映入眼帘的是文殊洞旁屹立的那棵内透轩昂看似谦逊的古松——迎客松。

远观迎客松,上枝如华盖,迎风挺立,下枝似盘虬,枝干苍劲。这棵高大优美的松树上松枝粗短而稠密,树顶略平如削,苍翠而夺目。

原来黄山留客是不说话的,只任这殷勤好客的松树轮数着大山的美丽,有心的游客自然不会轻易放弃这传神的聆听了。

三、了望天都无去路,几时化作辽鹤[④]归

忽闻夜鸟鸣山侧
疑是踏云辽东鹤
愿效谢安乌纱辞

听松观鼠高山卧

站在文殊院的平场地上,可以看到东方的天都峰。

"看啊,松鼠跳天都!"朋友在我身旁高叫着,我顺着他手指的方向望去。黄昏中,蓬莱三岛和耕耘峰上果然有一块奇石,状似松鼠几欲跳跃。远远地看着这只胖胖的小松鼠,它全身匍匐蓄势待发,晚霞里柔和的线条逼真地表现出它的谨慎和小心。"可惜,今年天都峰封山,下次再去吧。"同行者不无惋惜地劝言。"没问题,远观或许效果更好呢。"我宽慰自己同时也开劝他道。可是,心里总是漾着一种说不出的遗憾。

这时,有鸟从身边掠过,速度很快加之夜色渐深,我很想知道那是一只什么样的鸟。于是就追了过去。"扑空了?"回来时朋友嘲笑我,"我以为你会带回一只'丁令威'呢。"

"我倒是想呢,可惜'山路逶迤梦里归'啊!"我遗憾地回答,说笑归说笑,此时此刻我还真的萌发了化鹤之愿呢。

黄山真是盛收美景的地方,我这一生一定会再来的,犹如丁氏恋家一样,我对黄山不知不觉地产生了眷恋之情。

后记：

　　据说，黄山的两大山峰——莲花峰及天都峰，按规定是轮流开放的。所以，今年上山前，便有人通知说天都峰封山了。然而，那天在丹霞峰小栖，碰见了几个路人，聊到天都峰时他们竟说自己是刚从天都峰上下来的。我一直都在怀疑，轮流封山的这种风传是否因为担心一座山峰上太拥挤而故意放出来的小道消息。如果真是这样，我们可真是上大当了。

花絮：

　　1. 从莲花峰下山的途中，曾看到有人用铁链做升降吊绳而悬挂在半山壁上，因为太远，看不清他们到底在做什么，我还以为是什么冒险游戏。到得玉屏楼后，偶尔与一位清洁工攀谈时才了解到，原来那是黄山的清洁公司在做清洁。由于游客太多又有不自觉的，不少人都顺手将垃圾从山顶抛出去，结果扔到了半山腰上，而这些清洁工却要冒着危险去清理，为此，我心里慨叹很久。

　　2. 从文殊院要想回到山脚下的温泉大酒店，只能有两种选择，一是由东南而下，过"小心坡"而至慈光阁；另一则是在玉屏站坐索道车。而现在时间已经是下午6点钟了，徒步显然有点冒险，于是我们决定慢慢等索道车。谁知，这一等就是3个小时。到了玉屏站，才知道这里的索道车一次只能容纳6人,那也就难怪了。

注:

①三刀梦:指升官。《晋书·王濬传》:"梦悬三刀于卧屋梁上,须臾又益一刀。濬惊觉,意甚恶之。主簿李毅再拜贺曰:'三刀为州字,又益一者,明府其临益州乎?'及贼张弘杀益州刺史皇甫晏,果迁濬为益州刺史。"后遂以"三刀"作为刺史之代称。唐杨炯《恒州刺史王义童神道碑》:"门容驷马,位列三刀。"亦用作官吏升迁之典实。

②麟阁:即麒麟阁。汉代阁名,武帝时获麒麟时建此阁,遂以为名。麟阁图形:汉宣帝时曾将霍光等十一位功臣像置于阁上,以表彰其功勋。这里比喻现实中的争宠、攀爬。

③古曲有调:引自元代张养浩《雁儿落兼得胜令·退隐》。

④辽鹤:指辽东人丁令威得仙化鹤归里事。丁令威,学道后化鹤归辽,徘徊空中而言曰:"有鸟有鸟丁令威,去家千年今始归。"

[第四篇]

……桃花溪畔温泉侧,觉醒方知是前缘

时间:2001年5月4日
路线:温泉大酒店——国脉大酒店
天气:晴转阴有雨

　　昨夜,应该是踏着月光,从慈光阁徒步返回温泉大酒店的,其他的记忆早已被疲乏折磨得已经印象不深了。只记得月光曾在脚边铺洒下一条银色的小路,身上背的旅行袋不知什么时候变成了整座莲花山,小腿一边走一边抖动着,扶拐杖的左手此刻竟像是唱起了歌,一阵一阵的。

　　……

　　现在已经是上午11:00了,躺在床上看着窗帘缝里透进来的阳光,想到无论如何不应该错过山麓的景致,于是,我起身便去敲朋友的房门。忽然间看到他的门缝里歪歪斜斜地夹着一个字条,仔细看过,上面写着:闲人

免进！（敲门的都是闲人）

我看了正想笑，路过的楼层服务员却先笑了，对我说："你们俩真有意思！"

"我们俩？"走回隔壁，看见自己的门上也多了一张字条："打扰我练功，走火入魔后我第一个找你！"经仔细辨认，居然是自己的字体，难道我梦游了。

放弃了打扰他的念头，一个人走出酒店去散步。沿着览胜桥走到对面的黄山宾馆，再下到观鱼亭。亭子里面有四位年龄较高的老先生围坐在石桌椅前聊天。观鱼亭边有池子，有水，却没有鱼，池水混浊且不流动，然而，鱼池周围的树荫却美丽极了。

观鱼亭下约10米深的地方便是从青龙潭那边流下来的桃花溪。这流水，就是人们通常所指温泉的水了。据说，几十年会有一次真正的赤泉水流落下来，温度甚高。不过，想来我是没有这个福分看到了。

溪流旁边三五成堆地有人戏水，当然，所谓戏水也多数只是拎着自己的鞋子，用脚试探性地在水边走走而已，毕竟，现在的温度只有18摄氏度左右。

继续沿着黄山宾馆前面的小路西上，沿路一片绿色。鹅绒般的绿色夹杂在鲜嫩逼人的绿色当中，远观时，还以为是什么不知名的小花呢。旁边有桃花点缀，上下有零星的蔷薇。我一边前行一边观望，这一刻，不

知为什么,总感到四周异常地安静,虽然眼前有不少的游客在这里走动,而声响却很小,唯有溪水的声音绵绵不绝。大概游人们都累了吧,可是这溪水却涓涓潺潺无怨无悔地流淌着,丝毫没有疲乏的感觉。

12:00,国脉酒店的出租司机小潘来接我们了。小潘热情开朗,除了带领我们去看了歙砚的生产基地外,还带给我们一种扑面的朝气。车开到将近黄山市的时候,小潘的手机接到一条短信,小潘看后笑了,并念给我们听:哥们儿,许久不见,在做什么?何时可以共谋一醉?

是啊,其实说真的,现在的我是多么希望有人能与我和大山一起共谋一醉啊。

再次回到国脉大酒店,天色竟也再次阴沉下来。不久,淅淅沥沥的雨不紧不慢地漫天飘洒了。我就像第一天到来时那样,透过半掩的窗子朝外看:稀疏的行人、寂寞的雨街,一切都那么熟悉。恍惚间,登山一行如隔世之梦一样遥远……

如果能够,我倒是愿意一梦再梦的。

后记:

1. 小潘告诉我们,黄山人的收入应该不算高。这里的市民,几百元一个月的收入却有着一种特殊的爱好——打麻将。黄山市里,有挂牌开张的麻将馆,但是人们都只是把这个当作一种打发时间的游戏罢了。

2. 黄山小伙子们的酒量也数一流,据说每次叫酒都是一箱一箱的。呵呵,当然,我猜应该是零点啤酒了。

花絮:

1. 温泉水潺潺而下,甚是引人。因此,在溪边建一座温泉浴楼为游客提供温泉享受本是无可厚非的,只是温泉浴楼的排水口正好悬在温泉溪水的上方,排出来的污水与山泉的清水一起携手并肩,蜿蜒而下,欢乐至远方了。

2. 在练玉亭旁边休息时,有一只不知名的小鸟栖落在离我约1米远的树枝上,它浑身墨色里透出油绿的光,小而短的尾巴扇形张开着,翅膀的外圈从上到下有着一层淡鹅黄颜色,立在阳光里,安静而灿烂。只可惜,我不知道它属于什么雀种。

[第五篇]

时间：2001年5月5日

路线：屯溪——黄山机场

天气：阴转晴

离开黄山的飞机起升时间是晚上11：00的。于是，我们寄存了行李，再次来到了屯溪老街。

屯溪老街里最热的卖点是那几间飘着锦字小旗的歙砚老店。尽人皆知广东的端砚、甘肃的洮砚、河南的澄泥砚以及安徽的歙砚被称为我国的四大名砚。其中，歙砚是因为它古朴精致、少有花纹、温润质宜、研磨生辉而著称的。据说，精于翰墨的南唐后主李煜父子非常喜爱歙砚，并称歙砚为天下之冠，同时，还组织大量砚工为皇宫造砚。可见，歙砚确实曾经蜚声文坛，被认为质盖四方过的。

歙砚商店,老远看上去就带着一股古朴的气息。通常店铺门脸儿的一角都是一个刻字的工具橱柜,门脸儿的正中是一条长长的展示台,展示台上面便摆放着妙趣横生的歙砚了。从雕砚造型来看有二龙戏珠、喜鹊登梅、九龙朝阳、鳌鱼观音、芭蕉玉瓶、眉纹葫芦、黄海叹奇等等;就挑色来看有九牛戏水、松下问童子、东坡赏雪、嫦娥奔月等。所谓挑色,就是根据石头原有的形状和节理纹路设计创造,多数写意。造型虽然粗糙,但由于不是人们工笔上色的,所以特别巧妙和生动,令人叹为观止。

细细品来,那乌黑的石头上有一些深浅不一的节理线,有的似水波,有的如眉纹。一些石头自身长满了大小各自的褐色斑点,于是,巧匠们便根据自己的想象和构思,在黑石上利用斑点设计起来。斑点细而密的,便有人将其当作星空和黑夜的背景,在石头的正前方设计一棵古柳的浮雕,于是,一幅"星风柳月"的观赏砚便这样诞生了;斑点大而疏的,那斑点就被利用成"寒江垂钓"的风雪了。

看着这些精美的夺天之作,我恨不得从小就生在这里。然而,出生地是没有办法选择的,那我只好把它们带回家里养着了。花掉了仅剩的盘缠,怀揣沉甸甸的石头,美滋滋地给这次黄山之行画上了一个圆满的句号。

再见了,歙砚!再见了,黄山!即使日后白马素车,我也会流连探访,还我高居之愿的。

后记：

　　黄山的歙砚造型确实不计其数。大多数设计风格都已趋近观赏砚，实用砚的造型却还是亘古不变的方形和圆形，最多加上雨滴形状，然而，即便是简单的方形或圆形，看起来也是那么大方得体。果真让人爱不释手。

花絮：

　　1. 为了推销砚石，一位女老板还给我们讲了许多典故和趣闻，此行真的受益不浅。崇敬之余，不禁对老板说了很多赞誉之词，没承想，老板一时高兴，竟将2 800元的砚石降到了300元。捧着这300元的石头，我却有说不出的滋味，真摸不透它的价值到底能到哪里去。

　　2. 那300元买下的有着龙潭传说的石头，在第二家被评成了川砚而非歙砚。第二家的老板还认真地为我们讲解原因，他说一般绿色的斑点多数是川砚的风格，而歙砚多以褐色为主。听了这样的解释我痛惜失手，想着无论如何要买的是歙砚才有纪念意义，于是准备再买一块褐色花纹的砚石作为补偿，可谁知，老板竟指着自己的带绿色斑纹的说是歙砚。此情此景，此时此刻，我只恨自己知识太少，居然在紧急关头愣是帮不上自己。

　　3. 东陵印章石体积上比鸡血石大三倍，而价钱却比鸡血印章石便宜很多，同样都是石头，可能是物以稀为贵吧。据介绍,鸡血石本身,在当地也有假冒的,当然,绝不是将红色抹上去那么简单。仔细看假冒鸡血石的做工,那也是堪称了得。我在想,如果上色上得自然,且有卖点,再加上成本低廉,那么不久,给劣质石头上鸡血色可能渐渐会成为徽州的一门独特的手艺了。说不定,百年之后也是一种文化遗产。

王家大院

形骸无论如何沉静,思想早已浪迹天涯。

处在这样的状态已经有一段时间了,选择去王家大院并没有特别的理由,适逢假期、天气初晴、母亲有空,于是便有了"大院之行"。

约莫四五个小时的车程,我们便来到了灵石。我的地理知识一贯欠缺,灵石这个地方于我就是两个汉字这么简单的概念,同伴和我的母亲,颇费了一番功夫才在GPS地图的角落里把灵石挖了出来。于是,行程也显得容易了很多,没有周折,我们来到了王家大院。

那是一个倚山就势的庞大的建筑群,负阴抱阳非常符合科学原理。这样大的建筑群,无论如何也无法令人相信,竟然只是王姓一户人家的院落。如若不看个究竟，确实有点儿于心不甘，于是，母亲和朋友很快便拾级而上进入了这雄伟的建筑群。

在门票上打了一个小孔之后，我们便来到了一块简介牌前，王家大院的气势在这里便给了我们一个先声夺人的印象。简介牌上是这样写的："坐落在灵石县静升镇的王家大院是静升王氏家族耗费半个世纪(1762年至1811年)修建而成的豪华住宅，总面积达15万平方米，目前4.5万平方米被列为省级文物保护单位，共有院落54幢，房屋1 052间。"

由此，我们决定，不必逢院落就进，必须有选择地参观，否则，参观一整天都未必能够走完每一个房间。朋友是个颇有见识的人，于是，他建议，东大院主要看看老大的敦厚宅，看看老二的正院，大致也就差不多了。剩下的时间要去看看红门堡也就是西大院。

方案既定，我们来到东大院，顿觉果然壮观。主院前的大通道长约百米，宽约10米，全部用青石铺成。大道的南面是高高的砖砌花墙，墙内建有60多米长的风雨长廊。东大院主体建筑是两座三进四合院，院门前都有高大的照壁、上马石、旗杆石、石狮、石台阶等。

按线路行走，母亲一抬腿，跨进了王家老二正院的门槛，这举动忽然让我觉得门槛的妙处，不错的，无需用丰碑来记录王家在商界的功绩以及家族的威严，只需高

筑这门槛，外人便可知分寸。进得这样的屋门是要费一些功夫的，造得这样一扇宅门自更不必说了。

王家老二官品比老大高，因此，从建筑方面处处都压老大的风头，其宅门的建造讲究到了让人嫉妒的程度，那些根据官品、爱好、祥瑞等等的雕刻装饰了整个门楣和屋檐，不禁令人觉得光显门楣这样的词实在是来源于生活，如此光显的手法也确乎是将身份和地位表现得淋漓尽致了。

游客实在太多，那个约9米宽六开的大门，进出时还需要礼让，否则，总有几个游客会被阻在门口，不得出入的。

参观过了所有的厅堂和厢房，来到后院，这比邻的套院和前后堂房的穿梭，让人一下子回到了那个封闭的年代。没有办法参观后室东西绣楼，但是那个槛墙却给我颇深的印象。我偶尔听到有导游介绍，说槛墙的砖雕名叫八仙祝吉图，其内涵是高贵门第，神仙降临。我虽觉得这些解释太过牵强附会，但是，槛墙雕刻的精致程度着实令人叹为观止。雕刻一共分四层：第一层和第二层均为长方形小框，雕以花草；第三层为长方形的大框，内雕有八仙，并间或雕以瑞禽瑞兽、花草等；第四层为裙板，上雕缠枝的不知名的草，将整个裙板连接在一起，形成一个完整的组合体。

王家大院的每个院落都是前堂后寝的庭院风格,前院多采用木构架形制,后院为两层制的窑楼。迈进前院的厅堂,便有一种向上延伸的空间感觉,我抬头望去,觉得屋顶距地面大概有一层半或两层楼那么高,可是,地面面积却很平常,不过是20到30平方米,再加上中间摆着一个巨大的王家大院的仿真微缩模型,使得可用空间又减少了一多半。厅堂里面光线非常幽暗,古旧的椽梁和阴冷的地砖散发着一种摄魄的怀旧气息,很多游客即使是看完了那模型,也是不愿即刻离开的,其原因大概是舍不得这里清凉的感觉。

走过穿心院,来到天井的正下方,环顾四周,砖雕、石雕、木雕的艺术作品,随处可见,且件件精妙。其雕刻的内容、布局和技法,也处处体现了清代纤细繁密的典型艺术风格,引人入胜。最惹人喜欢的是楼梯栏杆上刻的那尊大猴背小猴的雕件,它不但有着美好的"辈辈封侯"的寓意,纯粹以神情来看已经是上乘之作了。我想,事实上这里的每一件雕品都是跟这错落有致的院子相呼应的,他们全都是被主人制造出来以荫庇子孙后代的。

认真欣赏过这个非同凡响的民间院落,我们又看了几处小的套院,发现风格大致相同,只是有的根据山势做点小的灵活的变通。

出东大院的西堡门,走过一条马蹄形的沟涧小道,就是西大院。这是一处十分规则的城堡式封闭型住宅群，面向与背靠同东大院完全相同。其平面呈十分规则的矩形，东西宽约百米，南北长似乎有东西长度的两倍。堡墙很厚，用青砖砌筑，上有垛口。堡内南北向有一条用大块河卵石铺成的主街，主街将西大院划为东西两大区，东西方向有三条横巷。横巷把西大院分为南北四排。从下往上数，各排院落依次叫底甲、二甲、三甲、顶甲。一条纵街和三条横巷相交，正好组成一个很大的"王"字。这种建筑格局真是神来之笔。

又看了几座西大院的院落，发觉西大院的特点，除前堂后寝的院落外，为顺应地形，一部分又应变为前园后院。各院的布局大同小异，多数为一正两厢二进院。不同的是，有的院落富丽堂皇，有的曲幽小巧各有特色。

蜿蜒盘旋，我们又来到了堡墙顶。豁然间，被眼前的景致震撼了。怪不得王家大院有"民间故宫"的雅号，这封闭巍峨的堡垒，处处显示了它的主人的尊严。这是无声的历史，大写的文字，这样的建筑已经不再是普通的遮蔽风雨的堂舍，它已经成了历史必不可少的见证物了。

母亲站在院墙堡顶上忽有感慨："拥有并完好地保存，才是文化传承的最稳妥的途径。"

正是这句平实而普通的语言，给我的王家大院之行做了一个完美准确地总结。

平遥之旅

非常喜欢平遥古城这个名字,即使什么都不了解,单就平遥这两个字就足以吸引我去游玩了。不知为什么,总觉得这两个字里面透着音律和色彩,可能是因为"平"给人以悠缓漫长的节律感,而"遥"却有着绵延不息的生机。因此,到平遥古城是我此行毫不犹豫的选择。

同伴是了解我的,因此,在短短的山西之行里居然安排有一个晚上住在这个神秘的地方。

一切都是那么熟悉,钟楼、鼓楼、东、西、南、北四条主街,等等。所有的建设格局仿佛就是一个被历史搁置的长安城的微缩景观、一个巨大的模型场。不同的是那不绝于视线的青砖灰瓦及古老的楼檐式建筑。城墙皆由小青砖砌筑,将城池围得壁垒森严,墙上筑有垛口。看惯了西安城墙那些大条的青石板,忽然看见这样的小青砖觉得无比小巧可爱,很有小家碧玉的味道。

秋风诙谐地从一座座古旧的院落里穿堂而过,嬉戏在如织的小巷,夕阳在每一户的斗拱屋檐上悠然闲躺。城里流动的人群,暗涌出一种莫名的欢愉,仿佛整个小城都处在热恋中一样。古老的城堡,年轻的人群,这是一个鲜明的比照。如果用色温来比喻,它就是冷调和暖调的搭配;如果用音乐来形容,它就像是欢快的节拍里间奏的慢板。岁月如梭,小城如歌,精致的建筑是华彩中的神韵。

规矩的大街小巷,总是因规矩的经营模式而形成。每条街道都被赋予了神圣的使命。我要拜游的无外乎是那最有名的几个景点,日升昌、中国镖局、城隍庙、县衙署等。

貌美如花的小导游告诉我,不必买通票看那16个景点的,因为其中至少有7个景点都是票号的参观,只需看一个典型的票号,接着看看镖局,再看一下城隍庙就好了,其他都大同小异。不错的,她的提法与我们的不谋而合。朋友却补充说,县衙署是一定要看的。听到这样的建议,我想里面一定有玄机。

小导游安排我们看了该看的景点后,我才渐渐悟到了什么叫作大同小异。

想来也应该如此,就好像现代的人去了省政府办公厅的大楼,参观完这间办公室,又参观那间办公室。虽然说，每间办公室里可能都曾有惊天动地的决策从那里出台，可是游客们能够看到的，不过是统一不变的建筑，以及规格相仿的家具而已。因而，那道不尽的平遥文化的灵魂是无法从这些四壁挂满了历史的画片、幽暗的帷幔后透出的一阵阵陈木微香中表述清楚的。原来，这貌美如花的小姑娘，竟有着如此灵透的总结能力。

过了听雨楼，走无数步后，来到了县衙署。县衙署前有个巨大的照壁，妈妈看着照壁笑了。于是，我又知道了一个古老的典故。妈妈说："老人们常言'县衙或豪门院前的照壁，叫作世面，是为了和百姓家的照壁区分开来，同时，又很能说明它的作用。'"这句话，语出惊人，却耐人寻味。居然，"见过世面"这样一句普通的语言里竟蕴藏着如此玩味无穷的传说……

同伴对我笑笑说："怎么样，今天专程带你来见世面的。"我感慨得无话可说。

"崖畔上开花崖畔上红……"这句话原本是与什么歌词承上启下，又是要说什么的，已经不知道了，总之在这个小小的古镇里，看到悠然的居民和他们自在的生活，看到他们生活的满足状态，我的脑子里就跑出了这句话。我真心地为平遥祈祷，希望在这里代代繁衍的和代代传承的，除了风俗，应该还有这些辽远而平易的文化……

登鹳雀楼

于时间上凑巧的是,这次登临竟然也是个"白日依山尽"的黄昏时分;于感情上凑巧的是,在刚告别了短短长长的平遥小巷之后,需要一个登高极目的放松时刻。终于,我们站到了鹳雀楼上。

是的,在我脚下的正是王之焕笔下闻名遐迩的鹳雀楼。

放眼四野,满目秋生。

天边的灰色此时也是有声音的,是一种逃遁的声音,是古人登临后留下的笔墨簇拥到水与天相接的地方而后消散的一种声音;是登高后眼前若然的开阔和耳畔抑扬顿挫的秋风的和声。

没有落日夕阳,那中条山似乎成了摆设,没有吟哦低诵,这鹳雀楼却一如既往。东眺黄河水,蜿蜒含蓄,由于距离太远,它没有了我印象中湍流的气势,却内蕴着渴望,直指远方;西看蒲州古镇,尽是高高矮矮的院房,这里存留着5年、10年、50年甚至上百年不等的院落,展现着历史不同阶段的沧桑。

这种登临是不得不有所悟的。黄河的奔流是由涓涓的溪水汇聚的,鹳雀楼提供的高瞻是一砖一瓦堆砌的,生命是一分一秒累计的,喧嚣是一层一层从灵魂里剥离的……

忽然觉得寂寞。这个寂寞来自鹳雀楼和黄河的那段距离。已经过了多少年?还要经过多少年?这是蓄意的守望,还是无奈的咫尺天涯各一方?

我登过比这更高的山,我走过比眼前更长的海岸,可是,我没有听过这悠远的灰色、秋风的合唱。我在顶层向妈妈招手,妈妈在楼基处翘首仰望。有很多母女都这样相望过吗?鹳雀楼,我静默的朋友,希望你,能把我们母女记在你的心上。

站在高处便不愿下来,这是一般的说法,然而今天却不同。我在鹳雀楼里面一层层观看,很愿意就这样一层一层走下去,因为里面全是关于山西文化变迁的展览。离开时,忽然觉得山西无比的可爱。我一直都知道柳宗元、王维这些文人墨客来自山西,武则天也是山西人,可是,竟然尧、舜、禹全都是山西人,杨贵妃也是在山西初长成的……

好美的地方啊,或者说,好一块孕育美丽的宝地啊。

我爱上了山西。

甘南杂志
——皈依自然

[序]

  我虽非信佛,却仍然有了至诚的想法,"自己所有的苦乐兴衰,全部托付于您,由您安排,唯您知晓!"而这个您,就是至亲至近的大自然。

声 闻 篇
——沉默的壮丽

时间：2012 年 4 月 27 日

路线：西安——兰州——尕海湖——郎木寺——酒店

天气：晴，夜间有阵雨

一、

  一篇充满浪漫的游记从火车上的鼾声开笔，似乎有点不雅，然而，它着实令我难忘。如果不是因为自己原先床铺对面的大哥肆无忌惮地对着我鼾哮而换过一次床位，我就很有可能没机会享受第二次床铺那上上下下鼾声合唱的精彩了。这算是中了头彩吗？我暗自揣测，这些于我而言，或许是一种征兆，也或预示着前方还有更多无从知晓的宿命在等着我。然而宿命，正如人们所熟知的那样，是躲也躲不掉的。

  在兰州匆匆吃过早餐，我们便搭乘旅行团的汽车挺进尕海。沿途那些熟悉的城市街景逐渐被俊伟高大的

山脉所取代,绵延的山线在车窗上顽皮地起伏着,随着视野的逐渐开阔,泛青的山坡上开始出现那憧憬已久的牧群了。

车行两个小时左右,忽听有同事惊呼:"山羊!"随着这一声惊呼,全车人兴奋起来。这不是一群普通的山羊,只见漫山遍野的这些小东西,身白如玉,在阳光下熠熠生辉,奇怪的是,它们个个有一张褐色或黑色的面部,有的甚至任由这褐色或黑色从面部延伸至颈部。"为什么是这样的颜色呢?"好奇的同事追问着地方陪同曹导游,曹导游漫不经心地看了一眼这司空见惯的动物回答说:"爹妈给的。"于是,全车人无语。

不错,这的确是爹妈给的,这是一种叫作波尔的山羊,是一个优秀的肉用山羊品种,原产于南非,面部的神采当然是源于基因。能够看到波尔山羊的牧群,说明我们离临夏已经不远了。于是,我的心竟然开始有了久违的雀动。

继续南行,途经夏河,这是一种意料之外情理之中的邂逅。远远望去,群山的雄姿及草原的辽阔以一种沉默和威严展开了一幅幅令人心旷神怡的画卷,并即刻驱走了心中残留的喧嚣。我深深地呼吸着,面对这一起涌来的宽阔和幸福感,竟贪婪地想一网打尽。

年轻的维娜用迷离的眼神看着窗外,幽幽地感叹着:"好美啊,好宽阔啊。"帅女婷子总是不停地从后排座伸手拍打我的肩膀兴奋地高叫:"姐,快看这里,快拍,还有那里,快!……"看来,此刻"贪婪"不单属我一个人所有。

二、

　　落脚尕海,才知尕海不尕。恰好"风和"但非"日丽",我悻悻地背着相机和三脚架游荡在各种弧度的小路上,心中不免有些失落。眼前慵躺着的尕海湖,在这海拔3 400米的草原上竟能如此出奇的安静。它也失落吗?是因为没有透蓝的天空在它怀中投影,还是因为没有温柔的轻风来挑动那粼粼波光?

　　分明是已经来到,何必还要讲求完美。

　　好吧,尕海沼泽这边的水色与远处的湖水没有什么分别,于是,我带着爱美的婷子在沼泽边上让我的"无敌兔"撒欢。谁说这沉寂的水面没有生机?有了美丽的元素,我的"无敌兔"在婷子的妖娆倩影里依然能够纵情欢唱。什么各色蝴蝶翩翩起舞与花争艳;什么各种鸟群飞起飞落嬉戏鸣唱;什么湖色斑斓动静有致;什么红嘴黑鹤优雅地在湖畔徜徉。让这一切止于冥想吧。唯有"无敌兔"可以让婷子的身姿来幻化这些形象。

离开尕海丝毫没有遗憾,却有了一个新的目标。我想,或许日后应该会再来一次的,因为,我绝不会让美景就这样白白错过。

三、

自尕海到郎木寺是一段漫长的路程,其漫长并不是体现在时间上,而是心路。当刚入草原的过度兴奋被尕海委婉地拒绝时,我们的心情经历了大起大落,因此,大家都累了,倦了,开始安静了。

陈领队不停地和曹导游攀谈,引导她给大家讲一些关于藏传佛教的故事。曹导游讲得很投入,从服装到习俗,从葬礼到教规,可谓知无不言,言无不尽。这中间我最喜欢听的是天葬那一段。当然,这与我们即将到达郎木寺不无关系,据说那里可以看到天葬台。

驻足金顶郎木寺,俯听溪水般的白龙江,仰望秃鹫盘桓在塔板民居的屋顶,心里有说不出的滋味。见多识广的杜哥预测这附近应该是有什么人圆满了。这话说得很好,圆满原本就是一种解脱,不需要用灰色的词语来形容的,或许应该用更鲜艳的词语来描述,比如"扬升"。

周到体贴的导游为我们请来了喇嘛讲解寺庙的沿

革。安多达仓郎木寺经过历世活佛的创建、扩建,现有闻恩学院、续部上学院、续部下学院、时轮学院、医学院、印经院。寺院的佛塔主要有第一世活佛的肉身灵塔,据说该灵体的头发、指甲如新生长的一般。这是最吸引我的地方。并且我们几经周折,终于有幸得以参观了这一神秘佛堂,实属荣幸。

出了安多达仓郎木寺可远眺四川境内的格尔底寺,阳光下格尔底寺的建筑群与郎木寺一样金碧辉煌且错落有致。

远处群山遮掩之间有一处平缓的山势,并搭建有平台,这里被导游称作是天葬台,同事问她为什么不是每天开放,难道这么大个地区人口不多吗?曹导游若有所思。同事继而又问,是否还有其他的天葬台呢?曹导游一时语焉。同事的好奇心一发而不可收了,于是再问,既然你说土葬是当地藏人最不倡导的葬礼,那么所有圆满的当地人都应该争相天葬才对呀,怎么天葬台这么冷清呢?曹导游开始解释了,但解释的声音很低,在我的距离很难听清楚,不过我猜测无非是等级问题,什么样的等级可以到这里来体面的天葬,而大多数的贫民不过是自己料理后事罢了。

说到了等级,不禁让人想到了,若然宗教里也有不平等体制,我们何必执着于它呢。

四、

不知是由于拜了信仰之外的真身像（虽说是代替母亲告拜，却是无从解释的事实），还是由于心中对所涉之不平等体制的不屑，到了夜晚，我终于有了现世报。

晚餐的时候，已经开始胃疼，半夜时分又被剧烈的头痛折腾醒，辗转难眠。不停地祷告，希望一时的过错不至于使自己成为大家的累赘；没完没了地忏悔，以为可以缓解头痛和胃痛。谁料，折腾得久了，哲性便忽然显现出来，尽管晓得自己正在接受着某种惩罚，然而我却固执地赞同着《沉思录》里的言辞："如果神明告诉你，明天你就要死了，最迟拖不过后天。"那么，明天还是后天死，你恐怕不会太在意，除非你实在是个懦弱至极的人，因为这有什么差别呢？同样，你是再活很多年，还是明天就死，这也不是什么了不得的事情吧。

如果连死都不是什么了不得的事情了，那么疼痛尽可以解释为一种不愉快的经历。

想清楚了这一点，忽然一阵呕吐，不曾想，就这样结束了这一晚的磨难。呕吐之后，竟昏沉沉、爽爽然地睡了一个饱觉。第二天起床后，我，又是那个有着使不完劲儿的我了。

花絮:

1. 初遇小闫

　　第一次认真审视身边这个全陪是在火车站候车的时候。她一头金色的齐耳齐眉短发,俊俏的眉眼和会说话的巧嘴在圆嘟嘟的小鼻头上下整齐地就位着,让你看了她第一眼就会有一种甜美的亲切感。小闫的喋喋不休并不会让你厌烦,原因是她不但能说,而且会说。能说是因为有激情,而会说是因为有见识。只有25岁的她已经有了在北京工作4年的经历和见闻,这足以让她在同龄中立于傲视不败之地。此行幸亏有了这个小丫头,我们一路才不畏惧寂寞和艰苦。往往在最关键的时刻,这个小开心果就会给大家带来快乐。

2. 合作的午餐很"合作"

　　第一顿午餐,也是第一顿进驻甘南州的正餐,我们是在州府合作市享用的。虽说大米饭的颗粒明显没有在海拔较低的兰州那里那么圆润,甚至看起来似乎有点夹生,但是,总的来说,花卷儿是香喷喷的,菜式是符合北方人口味的,每一道菜肴都很快被我们一扫而净。饭后,还有人总结说:

嗯,合作的午餐很"合作"啊。

其实,我们都知道,这不能不归功于地陪曹导游的精心挑选。有了舒心的饮食,便是愉快旅游的良好开端。

3. 海拔3 000米以下遭遇牦牛

第一次被提示窗外有牦牛的时候,我忘了是什么地方,事实上是,我不知道是在什么地方,但我揣测应该没有到夏河。现在回想起来,好像还早过看到波尔山羊。这不得不让人纳闷。牦牛应该生活在海拔3 000米以上的,而临夏这个地区海拔顶多2 000米,如果再靠北一些,真正海拔只有1 800米左右。那么,这些牦牛变种了吗?

一想到变种,我便觉得索然无味。如果人本来就是一种实验品,而人还要自发地在各种生物之间制造转基因等各种工程,实在是一件令人作呕的事情。

这使人不禁要问:然后呢?

转基因后是为了给人类自己吃吗?吃了以后呢?

转基因之后是为了人类可驾驭的生物更强大吗?强大以后呢?

转基因之后是为了让生物密码得以洗礼吗?洗礼之后呢?

难道我们真的要借助牦牛的基因来拯救原生态吗?猛

犸回归之后呢？

我胡乱地想着，却对眼前成群的牦牛视而不见。于是我发现自己是个呆板的人，因为在不该出现的地方看到了违背规律的东西，竟忘却了去欣赏这中间的美妙，其实，悖逆何尝不是一种美妙。

我在海拔3 000米以下遭遇了牦牛。

4. 真身舍利（子）之乱弹

我并不精通佛学，也不大能够完全理解佛教，但是对舍利略有听闻，主要是由于我出生在拥有法门寺的陕西省，这当然是得天独厚的资源。朦胧中记得有大师说释迦牟尼有真身舍利子两万多块。于是出于好奇，我问了郎木寺的喇嘛，他非常不喜欢我的说法，说充其量不过是100多块，不然，把佛祖磨成粉末也找不出两万多。听闻此言，我心惊肉跳起来，难道我真的高原反应胡言乱语了。返回西安后，网上查阅了资料，新的说法诞生了，我看到有文字记载："2 500年前释迦牟尼佛涅槃，弟子们在火化他的遗体时从灰烬中得到了一块头顶骨、两块肩胛骨、四颗牙齿、一节中指指骨舍利和84 000颗珠状真身舍利子。佛祖的这些遗留物被信众视为圣物，争相供奉。"于是，我更加觉得毛骨悚然，如果舍利和舍利子有区分，就算两万是杜撰，那么100多块舍利

与8块舍利、8.4万块舍利子哪一种说法是我们平时说的"舍利"呢？或许，宗教的一些所谓史料是不必细究的！

5. 洞穴中的仙女

安多达仓郎木寺名字中的"达仓"在藏语里是"虎穴"的意思，而"郎木"则是仙女的意思。

出了郎木寺沿小径拾级而上，虽然有点陡，好在路程不长，很快地，我们来到了虎穴和仙女所在之处。

放眼望去，草场的另一端被彩色经幡五花大绑的山体入口处，有一条溪流穿山而出，导游说这条溪流就是大名鼎鼎的白龙江，它的发源地就在这个山口较深处的地方。那个被经幡围绕的山口有一尊石制的老虎，不远处有个半人高的洞口，洞里有个仙女若隐若现。

听闻这样的介绍，我顾不得欣赏这草原上的牦牛多么的肥美和正宗，忘了享受在阳光下漫步在草原上的惬意之感，急匆匆奔向仙女洞……

呵呵，正如你所料，洞里没有仙女，在洞的最深处，只有用五色哈达缠出来的一个人样的形象……

然而，这样的失望远不可动摇我对郎木寺的崇敬，我之所以坚信自己和藏传佛教多少有些佛缘，是因为我们在接到无法参观第一世活佛肉身灵塔的通知之后，几经波折，终于还是机缘巧合使我们圆了这个参观梦。这不能不说是一种神迹。

安多达仓郎木寺与尕海都属甘肃甘南州碌曲县,我喜欢上了这个县,是因为它竟然有着一个唱红脸的郎木寺和一个唱白脸的尕海湖这样充满个性和情趣的景观。

6. 下榻之谜

莫名其妙的事情终究还是发生了。由于傍晚开始不舒服,最后,连自己留宿的地方和酒店都没有记得很清楚。也就是说,我竟然不知道自己是在唐克还是若尔盖呕吐的,真是令人遗憾。

独 觉 篇
——灵魂的呼吸

时间：2012 年 4 月 28 日
路线：酒店——黄河九曲第一湾——花湖——夏河布达拉宫旅店
天气：晴转阴转晴

一、

在九曲黄河的上游
在西去列车的窗口
是大西北一个平静的夏夜
是高原上月在中天的时候
……

——摘自《西去列车的窗口》

打小就在舅舅温婉悠扬的朗诵声中憧憬着九曲黄河。每每听诵，总有抑制不住的许多冲动。一定要数一数黄河到底是不是九道弯,一定要找一找,九道弯上是否总有美丽的高原月静悬夜空。

然而,当聚积了所有的深情,注视着镜头里铺陈着的这静默的青蓝消瘦的水线时,一时间,泪水几乎要流落出来。那不盈一握的曲线,那微弱的令人屏息的色彩,那两岸恣意扩张的草场,那淡染鹅黄的草原。有谁会把眼前的景致与雄伟浩荡的黄河联想在一起?有谁又会把这样婀娜的水线与浩瀚的黄河无情的分割?因为它,正是美丽的黄河第一湾。

当然,这样的反差左右是和冼星海先生脱不了干系的。《黄河》从开篇起乐第一句乐曲迸发出来的时候,就以湍流激荡之势令人振奋。因而,在我小小的脑海里就有了这样一个印象:那巍峨的巴颜喀拉山是由于挡不住黄河的流势,才让它奔腾而出的。即便是长大后,自己却也不曾科学地、逻辑地推断一下,其实万事万物都是由简单的量变开始的。瘦弱的弯道恰好是波澜壮阔的昭示,潺潺的河水来自涓涓的溪流,渊博的见识来自简单的积累,深深的情谊发端于纯朴的友善,这哪一样没有个纯粹的开端呢。

姑娘们兴奋地在栈道上摆着各种姿势留影。好羡慕啊,她们恰逢人生的美好时光。在外人的眼里,或许,她们现在的一切都只是盈盈一握,可谁敢预言她们的将来不是那浩淼的黄河呢。

黄河九曲第一湾,它一定不是第一道弯,却是黄河灵魂最美丽的湾。

二、

从第一湾的烈日下躲进汽车里,心里后悔难当。怎么就一时想不通,出酒店时竟穿上了所有的冬装。太阳以傲慢的姿态围剿着各种的旅游车,坐在车里简直就像坐在笼屉里一样。

"脱吧?"

"脱吧!"

"万一一会儿冷了怎么办?"

"一会儿再穿吧!"

同事们相约"卸甲",连慢性子的晓霞与好脾气的金梅也忍无可忍地脱去她们的招人怜爱的外套。

趁着汽车还在行驶,让我们先来预习下一个景点——花湖。

传说,花湖算是出身望族。位于海拔3 468米的热尔大坝草原上,是一个天然海子。热尔大坝上有三个相邻的海子,最小的叫错尔干,最大的叫错热哈,花湖是居中的一个。之所以说它出身望族,是因为它所居的热尔大坝是我国仅次于呼伦贝尔的第二大草原。

当然，传闻是曹导游播报出来的，同时，她还略带歉意地告诉我们，假如逢时，我们没准还能看到湖畔云霞委地、湖中花朵妖娆的景象。言不多说，大家必是已经明白，其实，我们的问题主要是"并不逢时"。

横竖已经来到，逢不逢时又有多大的关系呢。

驱车来到湖外的大路口，导游为我们租了一辆电动游览车，于是一行人沿着笔直的栈桥，目不斜视两侧那充满牛羊粪便的秃秃的草场，直奔草原的心脏——花湖。

栈桥渐渐离地面有了距离，花湖很快就从远处草场的视平线探出头来。

奇怪，刚才电动车开动的时候，还艳阳高照。这不，由于曝光度太高以至于有两张照片需要回去调整，可是不到5分钟的车程，世界一下子改变了，仿佛这电动车是动画片里的魔法工具，瞬间把我们拉进了阴森森的魔幻城。

此时，我们都开始觉得冷了，挤坐在车里不停地感慨自己穿冬装的英明。

天空的阴云，一团一团不知羞地紧紧拥抱在一起，由于抱得太紧而无法透出半点阳光。离花湖越近，越发感受到阴风阵阵。千万不要以为我在讲恐怖故事，因为，还没有下车，我的棒球帽就屡次险些被草原劲风卷走，若不是浩宁帮我，后果不堪设想。或许，100年后，人们不再传颂夸父追日，而是津津乐道于某人的花湖追帽了。

不消说,花湖俨然成了我们当下里最惧怕的地方,主要是所有的动物和花草都因为这样的天气而消失了,只有我们怀揣着侥幸绕湖迅速地奔走。心里不甘,却又不愿逗留,就这样纠结着,我们跑完了花湖所有的栈桥,终于又坐上了回归的小电动车。

恰于此时,云开雾散,阳光,它竟然又明媚了!

三、

漫步在自己久居的地方叫作散步,可是漫步在别人久居的地方叫作冒险。晚上,为了能在大小商店里淘点民族饰品,我们四人抱团去冒了一把险。结局是既无刺激,又无收获。无聊中各回各的房间还是比较靠谱,所以,不到晚上9:00,我们就心甘情愿地结束了自己的一天。

这夜,由于没有任何不适,我清清楚楚地记得,我们住在夏河的布达拉官旅店。

花絮:

1. 胀袋现象

吃早饭的时候,我看见浩宁和晓霞,心中顿觉奇怪,两个人的脸都肿得很厉害。我虽知道由于气压的原因,我们带的包装好的食品,在高原上会有胀袋现象。可是,由于不会举一反三,我怎么也想不通,竟然连人也有了胀袋现象啦。我很担心,所以,总是不停地问她们,你们没事吧。

然而,在黄河第一湾,晓霞却是第一个爬到最高亭子的人,于是我开始问自己:我没事吧? 老了? 胖了? 胀了?

不过,我发誓,我可是真的肥胖,而不是胀袋现象。哈哈。

2. 娇女留影

在第一湾入口处给晓霞和金梅照相,忽然,我忍俊不禁要告诉她们:"其实,你们大可不必留影了。"因为她们俩的装扮太都市化了,竟然两个人都拿的是手拎包,不知道的,还以为她们要去逛超市。这样的装束,即便是照相了,也会被人怀疑是 P 上去的。真是好玩得紧。所以,我一直都觉得她们俩穿得太 Q 了,总是给人以娇女的感觉。

3. 突厥人的眼神

第一湾的入口处围着一些骑马的藏民,这些藏民一见到旅行团,就会上来邀你骑他的马。

马,确实高大神武、英姿飒爽;毛色也不像预想的那么脏,非常顺滑。可是牵马人的眼神透过厚厚的裹头布投射过来,倒是让人不寒而栗。

我没有见过真正意义上的突厥人,可是,我却固执地认为,这应该是突厥人特有的眼神。

4. 高原月下的不平静

高原月下果然不同凡响。晚上,我和婷子在酒店里开始了外人无法预想的探险。我们收桌子,撤凳子,支架子,不为别的,只为拍摄月亮下面那颗最亮的星星。结果,我们真的和神明共呼吸了一次。嘘,都2012年了,说点UFO什么已经不足为奇。所以,我首先澄清,我们不是搞什么妖魔邪教,我们真真实实拍到了一些奇怪的照片。信不信由你!

大 乘 篇
——岁月无止息

时间:2012 年 4 月 29 日
路线:布达拉宫旅店——拉卜楞寺——桑科草原
　　——火车站
天气:晴

一、

　　从布达拉宫旅店到拉卜楞寺只需 10 分钟左右。来到拉卜楞寺大门口,便被眼前这座依山而建的建筑群所吸引,不愧为格鲁派六大寺庙之一。

　　远远望去,拉卜楞寺建筑群丹壁金顶、豪华富丽。近处细看,所有的屋顶房梁都错彩描金,所有的砖雕木刻都透着华丽之气,这一切都着实令人赞叹。

　　请来一位年轻的喇嘛做讲解,他年轻得几乎让人一见到他就想到"沙弥"两个字。然而,他在拉卜楞寺所修

习而得的学识却不容小觑。

据介绍,拉卜楞寺是由佛殿经堂、活佛公署、佛塔、经坛、藏经楼、印经院等组成,占地约80多公顷,房屋不下万间。全寺有6个学院:闻恩学院(修显宗)、续部上学院(修密宗)、续部下学院(修密宗)、时轮学院(修天文)、医学院(修医药学)、喜金刚学院(修法事)。寺内僧舍均为藏式平顶建筑。

我们追随着大师的脚步将所有的佛堂逐一走过。据介绍,这里有佛像数万,卷轴画数万,古器古物亦有数万,而收藏经典、史籍更达6万余册之巨。每一册原文经典都用藏式最高礼仪包裹好,放置在两侧镶制的通顶书架上,让游客望而生畏,并不禁感慨,这简单的六字真经下竟有如此厚重的文化内涵。

每一座经堂或佛塔的门前都有人在虔诚地"磕长头"。"磕长头"是藏传佛教信仰者最至诚的礼佛仪式之一。磕头朝圣的人,做五体投地的动作,是以"身"为敬;随之口中不断念咒,是以"语"为敬;同时心中不断想念着佛,是以"意"为敬。如此在佛堂门外,原地不动地行"磕长头"礼,就是将"身、语、意"三者结合,并持续表达虔诚的一种形式。通常这些人都是不远千里、历月经年、风餐露宿、朝行夕止而至的信徒。

你是否与我一样被他们的意志所触动?是否与我

一样，不禁要揣度，到底是什么样的念想和信仰才能支撑他们，以至千万次匍匐于沙石冰雪之上，仍要执着地向目的地进发。

当然，每个人都有前路需要执着地进发，无论你是自主的，还是不自主的，也不管目的地是否是自己渴望的。

我们全都在路上。雪雨风霜！

二、

从充满神秘色彩的大小殿宇一下子来到豁然开阔的桑科草原，觉得有点飘飘然。这期间只需要约15分钟的车程。

不要告诉我，你只知道《荷马史诗》，作为中国人，你一定要知道：在这里、在藏区、在中国，就有着号称世界最长的一部史诗《格萨尔王传》。桑科草原就是这位半人半神的领袖祭奠神祇的地方。

站在马队出发的草场里放眼桑科，视野平阔，牛羊点点，帐篷星罗。远处起伏着环抱的青山，近处威立着的五彩的玛尼堆。草原上的草都只是嫩芽，少有绿色，恰似一块铺向天边的绒毯。没有山花，却有一团一团的牛粪马粪告诉你这里一直生机勃勃。

我不由得吟唱起来，借佛五妙欲，唱出不为人知的

心声：

视觉贪恋美丽的景象，上帝让我来到桑科大草原；

听觉向往动听的声音，牛羊在桑科大草原上歌唱；

味觉偏爱美妙的佳品，便有无尽的山川河流供我们玩味；

嗅觉嗜好芳香的气息，神志才会向往花蕊草丛之乡；

触觉喜欢柔软的物体，我，才来到你的怀抱；

五欲也无从描绘的，是你桑科，草原的天堂。

三、

坐上回归的火车已经是晚上9点多，合目而卧，眼前是跑马般流动的草原景色。在这幅画卷里，草长莺飞、山花烂漫，一切的不如意都悄然被记忆抹去，只留下心旷神怡几个字。

火车呼啸着，带着兴奋和充实的我们回到了现实中，于是，我想起了这样的文字：

　　一站站灯火扑来，
　　象流萤飞走，
　　一重重山岭闪过，
　　似浪涛奔流……
　　此刻，满车歌声已经停歇，

>   婴儿在母亲怀中已经睡熟。
>   啊,在这样的路上,
>   这样的时候,
>   在这一节车厢,
>   这一个窗口。
>   ——摘自贺敬之《西去列车的窗口》

是的,在这样的路上,这样的时候,在这一节车厢,这一个窗口,还能做点什么呢! 美丽的景致绵延不绝,生命和岁月永无止息。我们都是过客,连绿色也是过客。你没有遇见它,不代表世上没有它,它没有遇见你,并不意味着你不曾来过。

走过甘南,走过绿色,走过自己。

花絮:

1. "磕长头"小姜五体投地

在拉卜楞寺门前留影时让娜娜费了心,使帅哥小姜受了苦。娜娜出身编导,又是创作策划部的头儿,于是自然而然地成了我们一行人的镜前造型总设计。每个人、每次照相前都要让她设计一个 Pose,从综合办的千手观音,到我们办公室的天仙变肥鹅,还有三侠"黄飞

鸿",还有联手佛。姿态林林总总,里外透着一个好看。

然而,小姜希望有个不一样的造型,于是,娜娜煞费苦心,终于决定在这雄伟的寺庙前,给他一个机会有一个虔诚的留影,于是,四位姑娘将小姜平地托起,让他有了一个平行于地面的磕长头的造型。

"快点照啊,撑不住啦!"美女们叫嚣着,忙坏了我和杜哥两个非专业摄影师。照正面吧,只有脸和手,没有脚,看起来怪怪的;照侧面吧,只有美女的身姿,找不到小姜。这难坏了我们,于是滴溜溜围着他们转。

"快点啊,那好吧,大家听我的号子!"娜娜高叫着:"一!二!松手!"我的镜头里登时没有了任何人影,只有他们身后静默的殿堂。

"人呢?"我从镜头前挪开双眼一看,小姜已经圆满地完成了真正意义上的"磕长头"之礼。只见他四肢伏地,无奈地看着我们说:"我今天才知道,原来都是自家人,真的好体贴。怎么就那么整齐,竟没有一个人不松手啊!"

于是,欢乐声从各个角落飞了出来,传遍了寺前整个空地,还飘向了寺后的那片神秘的山坡。

2. 草原拒载和"马语"者的风采

随着马队的缓慢行进,阳光在云层中游弋着,一时隐没一时偷窥,云朵的投影也大片大片的在草原上若隐若现了。

几经周折终于来到高地。勒马远眺,正在感慨之际,只见远方浩宁的马,忽然卧下,并将惊魂不定的浩宁从容地从马背上卸了下来。怎么会这样,大家一起惊呼,叫来了牵马人,牵马人看了看浩宁,便对着马说了一大堆我们无法听懂的话,然后,抽了几鞭子,这马又站起来了。

原来是草原拒载,大家都松了口气。浩宁也委屈地说:"我还以为我太沉,把马压坏了……"哈哈,如果真是这样,那她可太冤枉了,简直可以和窦娥媲美。因为除了晓霞,浩宁是我们这一行里最瘦的人了。若那匹马换是我骑,没准儿,那个牵马人会毫不犹豫地向我索要赔偿呢。

说起骑马,有太多的桥段。我觉得都应该载入花絮,只可惜我是个身历者,所以只能絮叨一下我身边能够观察到的故事。

我骑的马懒洋洋地靠着娜娜的高头大马行进着,说它们是靠着还算我文雅,其实它们是腻在一起。两匹马非要挤在一条不足一米的便道上,这使得骑马人非常恼火,因为,我的腿已经蹭到另一匹马的肚子上了,真令人担心。

刚刚在弯道处把它们活生生分开,就见娜娜的马自顾自地朝另一条路走了过去,于是,我们都高声指挥娜娜拉紧缰绳，把马停住。可谁知这马越发地倔强起来，一边跑一边甩那已被拉紧的缰绳，远远地便将我们抛在后面。

这马比我们的马高出一头，如此飞奔确实有点吓人，于是，在一个略有坡度的地方，在马略显力不从心的时候，聪明的娜娜翻身下马，打死也不再骑它了。事后，我猜测，那马一定是不小心回头看到了娜娜那身鲜艳的衣装，也就是说，马，被惊了。呵呵，这世上的事情还真是说不准啊，都不知道她们谁吓谁呢！

继续缓行，阳光照得人和马都没有了情绪，此时，只有小姜一个人的声音响彻马道："走！走！走！你快跑啊！"声音里充满了激情，"走！走！走！哎，你也快点啊！"声音里开始有了埋怨。

"走！走！得儿起！——你到底有意思没有，我跑这么老远来难道就是为了骑你散步！"听闻最后这一句，我差点儿从马背上笑落下来，这位马语者还真投入感情呢，居然说着说着真生气了。

就在此时，听得一阵马蹄声，一匹小小的白马驮着金梅轻快地由远至近擦身而过，路过时，还听到金梅对马轻声细语着："哎呀，你跑什么啊，我又没有让你跑，别跑了好吧，别跑了！"伴着许多无奈，金梅的声音消失在远方。

"小白加油！小白加油！小白你是最棒的，小白你看咱们已经追上他们了。太好了，小白，加油啊小白！"

循声而望，维娜的马完全不给力，翻着眼睛爱理不理地跟在马群后面，真急煞了维娜，好话说尽了，就为能让她的坐骑打起精神来。

最潇洒的应该是青春四溢的艳子，这个聪明的小丫头，早早就挑选了一个由小孩子做"牵手"的马匹，和小主人一起共乘一骑，于是，这匹马成了此行中最听话的马，骑马人也成了此行中最拉风的人。驰骋在桑科大草原上，将会是多么美好的回忆啊。

羡慕之余，我不由自主地踹镫催马，希望也能留下点儿什么。然而，不是所有的希望都能变成现实，我的马，无论如何只喜欢在烈日下漫步，看来单凭我是无法改变它的想法了。

"闲来无事出城那个西，人家骑马我骑那个驴，回头看见一个推小车的汉啊，比上不足比下还有余……"不错的，有时儿歌也在传播一种真理。

这不，我一回头就看见帅女婷子和她的高头大马居然是统一的一个懒恹恹的表情看着我。"怎么回事？"我问婷子。她嘟着嘴说："不知道它怎么了，死活不肯走，总是要吃草，我拉了缰绳不让它吃，奇怪了，它倒是不吃了，但也不走了，就这样东张西望。好没劲！唉呀，我那策马草原的梦想啊，就这样泡汤了！"

听完这番话，想到我的小毛驴横竖都是在走着，顿

觉自己真够幸运。感谢上帝赐我的一切。阿门!

3. 导游也疯狂

听说过导游进店,那主要是为了方便结算的,还从没有见到过小闫这样的带队进店的,出来后大家评测战绩,小闫居然花了近1 000元购买小吃,我们都由衷地笑了。

原本我们是个不进店的团,可怎奈有着非要进店的团员们,于是,地陪无奈,在小闫的指引下,安排了这唯一的一次进店。小闫的购物充分说明地陪确实没有存心坑我们,也说明小闫平时应该真的没干那些昧良心的事情。不然,一来地陪不会忍心放任全陪狂买,二来小闫自己也不会有如此疯狂的购物欲的。

4. 错过"青稞酒",喜得"如意兰州"

甘南一圈回来,没有尝试青稞酒,多少可算作遗憾,于是愈发想带回去一瓶两瓶送人。结果到了兰州,我们走街串巷到处寻找那些卖青稞酒的地方,却得到同样的答案,只有青海产的青稞酒,没有合作产的。只好作罢。

然而,有失必有得。小帅哥小姜告诉我们,他知道兰州有一种限量供应的"如意兰州"烟,如果能够找到,不失为一种收获。果不其然，在我们即将失望的当口，帅女婷子却发现了一个沿街的烟酒批发店，在那里，我们集体把店老板的存货端掉。

只有如此，我们才再无遗憾地结束了甘南之行。

后记：

缘法无非是些凑泊而就的偶然罢了。西进甘南，实属机缘。行程虽紧，倒也快活。略置文字，只恐过得一时半载便一味只剩空空然而无从回想了。

借佛教三乘（声闻、独觉与大乘）贯穿文字绝非仅有所感，其实，多半是希望借以通达更高参悟的境界。行走甘南，景致均不理想，无论烈日下暴晒的温汤般的黄河，还是阴霾遮蔽下的死水般的各种海、湖，竟没有清澈透亮的。然而，即便如此，来到甘南，满眼终究是一番美丽。

辽阔的草原如牧人宽阔的胸膛，隽秀的白云如藏女婀娜的舞姿。牛羊如饮春风，醉得无赖般地上打滚。骏马嘶鸣成就了英武而高大的藏骑形象。

静夜与我曾并卧在高原月下，犬吠变而成为月下幽怨的牧笛。一声声送去暮春，一声声唤来初夏。

不远处山顶上群星闪烁，窗外流淌着梦一般的呓语。推开窗，你不仅可以听到，或许可以看到甘南这首藏地情歌。

启轩清祭

—— 轩内卧枝冷香魂

2007 祭父文

黑满髯兮包拯,勾紫红兮彦昭,
扮敬德兮装疯①,美名传兮艺高。
霸王怜兮虞姬,乌骓送兮知遇,
命苦短兮无奈,多情留兮谁拜。
上打昏君兮下打臣,戏里别妻兮戏外真。
傲霜雪兮乾坤志,风流播兮清白士。
我父离兮女悲祀,我父在兮不相识。
不相识兮信将疑。信将疑兮仇将戚。
父弃女兮一时欢,女气父兮情两难。
幕驱恨兮朝尤思,晴无念兮雨结辞。

偃蹇娇兮莫相同,琳琅剑兮舞长空。

愿父在天相怜女,便赐无灾安一生!

2007 年 04 月 05 日拜祭

注

①我父亲是唱铜锤花脸的,前三句为我父亲所扮演过的角色。

2008 年祭文

敬爱的外公、外婆及父亲：

在这个全国人民集体大搞迷信的日子里，我想一改往昔那用嘈杂的文字填塞整个祭文的作风，尽可能以平静的心态、淑女的口吻（如外婆所愿）和你们聊聊一件我并不很确定的、近年来更是令人恍惚的事情。这件事情现在看来对我很重要，常常使我迷惑，时而因它骄傲，时而又因它惭愧。偶尔觉得非要找人探讨一下才能得以释怀，但苦于没有人屑于一听，或者说没有什么场合可以令人以最自然的方式谈及这件事，因此，竟然觉得自己渐渐有点郁郁寡欢了。

好了，说到这里，想必这些话已经足够引起你们的重视和聆听的欲望了，那就让我郑重地提出这件整日烦扰我的事情吧。它就是——关于信仰的问题！

请求外公、外婆,还有父亲先别为了这两个字而不屑,也同时请求你们不要怪罪母亲或是老师对我疏于教导。真心地恳请你们千万要耐下心来,简短地听听我是经历一个怎样的过程之后才终于迷惑的。万望!万望!

如果没有记错,10年前,我以极大的热忱拜倒在基督教的门下,以为这是世上唯一的可以依托的挽救人生的做法。教会聚会时人们咏诵的赞美诗曾是如此深深地吸引着我,《出埃及记》的故事是那样让我坚信,主,一定会来到!

然而,随着信仰加深,随着追本溯源的渴望达到了无以复加的程度,我开始了探索之路,可谁知,这却是一条不归路。

好的,我答应了你们长话短说的。现在就来简述一下我的三个问题。第一个产生在我脑子里的问题是:我所信奉的基督教里为什么对同一个主会有那么多种诠释?答案是:基督教里本来就存在着派系,而每个派系所诠释主的所为又略有区别。

那么第二个问题诞生了:派系是根据什么来划分的?答案是:阶级。

随着是第三个问题:如果每个阶级都有自己心目中的主,用以达到寄托,那么我所盲目追随了那么久的主到底是谁家的?是哪个阶级的?

于是，自己陷入进退维谷的境地。

请智慧的外公、外婆以及父亲大人给我指点迷津。

当犹太人饱受巴比伦国王欺压的时候，在绝望中缔造了上帝，那个用木条交叉出的十字形状，撑起了他们当时对未来的渴望。而现在，在我对信仰深感困惑的时候，还能指望什么呢？

顺便想要询问的是，无论是被上帝放弃还是放弃追随，我实实在在面临的是失去了对以往赖以生存的信仰的坚定信念，没了这份坚定，又该如何继续生活呢？

外公、外婆和父亲大人，我也曾试图劝说自己考虑信仰佛教，但是，正如父亲大人所了解的那样，令我对佛教望而却步的是那句小的时候人们常说的话：放下屠刀，立地成佛。这句话，于我幼小的心灵里留下了一个不可磨灭的印象，那就是，佛都曾用过屠刀。当然，那时的我非常的幼稚，可现在不再幼稚的我仍然难以摆脱一种狭隘的认知理念，那就是"不公平"。如果说，放下屠刀的人可以立地成佛，那么，一生一世大做善事的好人何必要追求成佛呢？

外公、外婆、父亲大人，我的问题和疑虑还有很多，然而，跳来跳去跑不开信仰。而我是一个被约束惯了的人，忽然松绑，竟不知如何飞翔了，总觉得这样的自由不正常。请你们告诉我，这样的感觉对吗？我这样的在这个世界上还多吗？我孤独吗？

　　生存和死亡，哪一种形态才是真正的自由和解脱？如果是后者，那么人们为什么那么惧怕自由和解脱呢？既然所有的揣度都是无谓的胡思乱想，而世上的一切都像唯物主义者所标榜的那样，那么清明节里的登山、拜佛、祭祖这些活动是不是就没有什么存在的精神层面的意义了？

　　现在，听完我的烦恼，请诸位我尊敬的老人和智者，先抛开对我的失望，并请仍以极大的耐心来听我最后一个问题：我是否应该相信你们现在是看得见我的，并收得到我的信的？你们见过了上帝吗？听说佛祖从印度"搬家"来中国后，面貌都变得中性化了，基督他还在十字架上吗？

　　好了，我的问题就到此吧，感谢你们耐心地聆听，如果可能，希望在日后我有生之年，你们能将以上的问题给我以神示。

　　外公、外婆和父亲大人，如果你们能够看到我的这封信，恳请为了我也要多保重身体！我还有很多疑惑需要你们！万望！万望！万望！

　　顺致诚切的问候！

2008 年 04 月 04 日拜祭

癸巳祭父文

日初出兮恓惶①,驭寒风兮乖张。
神色匆兮姊妹,东行拜兮寿阳。
姣服②著兮霓裳,沐芳华兮兰汤。
登昆仑兮四望,心激扬兮浩荡。
朝思思兮太息,暮拳拳兮怅惘。
别父久兮疏离,远近牵兮守望。
我父在兮清白,俊遐升③兮坦荡。
我父留兮傲骨,嶙嶙耸兮四方。
灵衣被兮碑下,华彩展兮满堂。
日复旺兮云中,风缱绻兮未央。
扬枹④击兮拊鼓⑤,誓承志兮传扬。
言謇謇⑥兮耿介,思无惧兮惮殃。
行九天兮寄正,纵四海兮依刚。

愿父赐兮气勇，续吾门兮辉煌。

跪敷衽⑦兮长拜，遥相望兮阊阖。

佑吾庭兮九畹，佑吾母兮安康。

精忱鉴兮至远，歆格垂兮祈尚！

2013 年 03 月 11 日

注

① 恓惶：xī huáng 陕西方言中是可怜的意思；甘肃方言中是思念、想念的意思。多用于父母和儿女之间，好朋友和情侣之间往来也可用。这里形容日初出之惨淡状。

② 姣服：美丽的服饰。

③ 俊邌升：指美好的灵魂升天。

④ 枹：fú 击鼓的槌。

⑤ 拊鼓：fǔ gǔ 击鼓。

⑥ 言偘偘：直抒己见，从容不迫的样子。偘通"侃"。

⑦ 跪敷衽：解开襟衽而跪。

告 灵 魂 书
——我想我是恋爱了

致我的可敬爱的、在天的灵魂：

以上帝之名猜想，我可能是恋爱了，在这样的春季。

我上天的灵魂，你们大体上可能不会相信，当下里，我几乎是用了怎样的情感来全身心地爱上了这个曾经令我忧郁的古堡，它原是这般的深沉、默然和宽容。它原谅了我不辞而别浪子般的四处游荡，以它极温暖而宽广的胸怀重新拥住了我的身心……

以上帝之名猜想，我可能是恋爱了，在这样的春季。

我上天的灵魂，你们大体上可能不会想象，如今，当柳条抽出的嫩芽悄悄地点染在河水两岸的时候，我几乎是用了怎样的好奇来全身心地欣赏这些曾令我忧伤的一草一木的。它们原是如此的勃勃而有生机,如此活泼地早早忘却了上一年将要枯零时的迷离,以诱人的颜色悄悄地告诉我,如果愿意,我应该是可以在这里留下来的……

请允许我以上帝之名猜想,我应该是恋爱了,在这样的春季。

当然,这一切的变化,于我也是始料不及。

我上天的灵魂,你们走后,这竟是第一次于微风中听到娇春的轻吁,于是,那些我儿时或熟悉或陌生的街道,那些街道上永远暗涌的人流,那些随处都有的无休无止的秦之声,那些每个角落里遍布的通宵达旦的欢宴,便在这一声太息中,悄然退去。即使刚刚过去的冬天,也会被这轻吁唤醒那残留下的梦一般的记忆。

请允许我以上帝之名向你们宣告:我恋爱了!为了阔别的你们,我爱上了这个城池。

以如此激扬的笔调来描述我的心情,不过是为了告慰在天的您,请赐给我热爱的本能及维持这份爱恋的活力!

愿我的告慰到达你们的圣殿,愿我的告慰能慰藉你们的关切,愿我的爱恋能深深地代表着你们,愿我的告慰能安抚每一个寂寞的心灵……

仅以上帝之名起誓,我是恋爱了!

2009 年 04 月 04 日祭字

扫 香 丘

——祭舅妈沈超美

  原本只知道这雨水是体贴的,继而,方领会到这首《梦幻曲》也来得如此可景。

  雨中,我们静默地立在舅母的墓碑前,屏息聆听她生前的好友为她倾情演奏。那应该是心的倾诉,颤抖抖于微风中,魂牵牵于尘世外。

  "今日,想你!"

  传说,凡有香魂殒世,必为"和天地、悦人神"之重任,此番,舅母一去,应是尚未走远,否则如何悦人神?当然,我晓得,天庭之事不得过问,因而,也只能是自己在凡间自忧、自问、自扰罢了。

  "你在那边还好吗?"

思念是可以不必挂在嘴上或者笔端的。自从舅母离去以后,我渐渐发现,原来思念还可以藏在弟弟的心里,可以隐匿在舅舅孤独的夜色里,可以悄悄然融在今日小提琴的旋律里。

"你感受到了吗?"

妈妈撑着伞的手在雨中颤抖,姥姥轻声地呼唤之声在雨中颤抖,舅舅寂寞的叹息声也在雨中颤抖。

"不要离我们太远,好吗?"

其实,我是不大相信鬼神论的,只要看见书柜旁舅母的照片,就会反复肯定一个理论:人世间是没有什么死啊,活啊的。人是不会死的,只是存在的形式不一样罢了。就如现在这样,我经常看到她的照片,同时就能想起我们曾一起有过的快乐;就如现在这样,舅舅在每一个无眠的夜里,对着舅母的画像喃喃自语,谁又能下断论,她已经去了呢?

提琴的声音停止了,所有的礼仪都已完毕,风雨也似乎轻松了一些。我们会顺着来时的路回家的,这是一条泥泞的路。

"你,会顺着去时的路回来看看吗?"

2010 年秋

祭 母 文

家母一生

胸怀日月　浩然正气
淑德兼备　慈爱有加
克勤克俭　恭敬孝顺
治业求精　桃李天下
女慕随至　承母恩泽
岁达不惑　实我幸也
母今卧堂　弃女而去
愚儿无能　失挽音容
长跪悔泣　心痛无声
青天白日　请以为证
来世追随　报得春晖
薄酒祭奠　聊表微忱

九泉有觉　伏惟尚飨

精忱鉴远　歆格永垂

门外不孝女　雨儿泣奠

2014 年 01 月 20 日（头七）

长 相 思

鸣犊柳,霸陵柳,插遍古城为君留,长短如泪流。朝心忧,梦心忧,忧到归时方可休,慈母能知否?

雨儿 泣奠

2014 年 01 月 27 日(二七)

孤 雁 儿

　　永夜花绽映西墙,青孤灯,弱荧光。案头烛泪成双行,蜡芯儿彻夜响。君若有知,可晓我今,爱恨如翻江。

　　残醉频起续沉香,三五炷,别情长。更凭何物寄思量,冷月儿照书窗。未到清明,已盼重阳,一念九回肠。

雨儿　思字

2014 年 02 月 03 日(三七)

乌 夜 啼

生怕惊醒魂梦,立春雪,悄然伴君归去,寂无声。相思泪,醒复醉,难从容。断我一生爱怜,冷夜中。

雨儿　醉思
2014 年 02 月 10 日(四七)

蝶 恋 花

　　寒鸦啼晓孤月落。泪眼干涸,愁绪酿新波。空留一枕断肠诗,百转千回怨情薄。
　　映雪残阳又西泊。灯下魂魄,合更数寂寞。二十四个相思字,一千四百四十魔。

雨儿　思奠
2014 年 02 月 17 日(五七)

声　声　慢

　　朝朝暮暮,冷冷暖暖,风风雨雨处处。一颦一笑犹在,堪破寒初。明月不谙离恨,也照得,晓霜凝雾。魂梦杳,寒漏疏,灯下谁更诗赋?

　　我欲随君而去,恐负您,一怀清志难图。遍地哀思,永夜姮娥同孤。桃将开李将绿,谓慈母,以春相付。到如今,尽在清秋风露。

雨儿　思奠

2014 年 02 月 24 日(六七)

诉 衷 情

  夜长思量不能寐,案前频举杯。隔江可有青鸟,月下归来告慰。

  星消没,影憔悴,人易醉。惟愿酒醒,骄阳如初,原是梦徊。

雨儿　思奠

2014 年 03 月 03 日(七七)

1998年信札录

前　　言

自1996年返陕治病,一直到1998年才再次长期离开西安,赴广东工作。由于当时电信局高额收费,所带手机又是异地卡,多数只在需要用的时候才开机,因此,和母亲的联系亦多以书信和电话两种方式交叉使用,这使我得以有幸将母亲的这些亲笔信札存留下来。甚幸!甚幸!

晓雨，你好！

实在太想念你了，虽然你才走了十天，可我却觉得好像已经很长、很长时间了。每天，什么都不想做，游戏机也没有心情玩，电视节目不想看，毛衣不想织，吃饭也不香，连上课也没有劲，只想给你打电话，想听到你的声音。一天到晚也不知道拨打了多少次，每次听到的都是一句话"对不起，你所拨叫的号码已关机"。也真是的，明知道没有开机，可又不甘心，只好在接到东东的电话时，我们疯狂地议论一下你，借此消除对你太深的思念。

由于你的离开，东东几乎隔天就给我打一个电话，从我们的聊天中，我能感受到他对你的关心，他总说希望你能找个好男人。雨儿，说真的，每次听到他的这番话，我都替你难过，也不知你以后的婚姻如何，你别嫌我烦，这总是一个做母亲的对女儿的最大担心，对吗？

你新到一个地方，工作上我不担心，因为你从小就对新事物有着极强的好奇心和征服欲，我相信你能很快拿起你的工作的。我也知道你不喜欢别人对你的工作指手画脚，那我就自觉地不啰唆了。而我真正担心的是你的人际关系和处理方法。你是一个比较热情随和的人，所以别人很容易认为你很好相处，可是我知道，一旦遇到你觉得对方不是你所想的那样，你的脸上和话语上就都流露出你的不满。要知道，你现在已经快30岁了，

也应该学会掩饰自己的感情。对工作要认真,要用心,要用爱。但是对朋友、对人就不要太较真,好吗?看看,你离妈妈千里之外,妈妈还要唠叨你,真是一个爱唠叨的妈妈,是吧!

对了,你爸爸昨天来了,问了你的情况。他让我转告你:"一定要注意身体,工作做得再好,身体不好也成不了事。"我也同意他的看法。还有啊,他看见你的大照片,连连说:"脸型像我,眼神像我,就是眼睛长得像你……"看他臭美的,他总是不吃亏,连你像谁,他都不吃亏,哈哈,好玩不?

徐永红说明天来家里把你要的书给你寄去。你放心吧!

好了,今天就到这儿吧。

吻你,小宝贝儿。

祝　顺利

爱你的妈妈
3月3日晚

雨儿：

　　昨天刚把信和书给你寄去，今天又有许多话想对你讲了。虽然昨晚我们通话时间短，但是我听了你说可以去学习我就非常高兴。不过你电话里讲的太简单了，如果有时间请你详细地给我写封信好好讲讲，好吗？

　　你大舅妈看了你给我写的信，高兴地讲："晓雨的信写得真好，看信就好像跟她面对面地聊天，很有水平……"反正讲了好多你的优点，我就不给你讲，让你急一急。哈哈！

　　勇男昨晚给你打过电话后又给我打了一个电话，他说以后有什么急需要他在西安办的事情让你给他传呼留言，他即刻办。

　　东东昨天打电话说还没有收到你的信，我说我已经收到了，他还不服气说"把你美的"。你不在，他把我管得可严啦。我昨天去美容护理，上午不在家，他打电话来没找到我，下午一开口就问"上午哪儿去了？"唉，我都没有人身自由了，真想给他一巴掌，想一想，打不着，算了。

　　正写着小燕来了个电话，她问你情况怎么样，让你一定要注意身体。她说她四月份回西安上班，回来后来看我，让我也注意身体。小燕真是个好孩子，这也真是徐永红的福气。唉，门铃又响了，我一会儿再写。

　　你猜猜看来的是谁？还记得中班最高的那个大个子

吧,上医学院的(噢,对了,再加一句,军医大也来了两个女学生),她们是来让我给她们的班教节目,我说没有时间,她们又说:"让姐姐给教行不?"人家说的可是你张洋啊,你看你,到现在,还有人找你教舞蹈呢,把你一天火的!我就说"姐姐早走了"。不过,从说了这句话开始,我就心绪不宁,一门心思就想到门房看有没有你的信,好容易她们走了,我到门口一看,哇!果然有信,我太爱你了。

下面有几件事情是要向你汇报和对你交代要做的:

1. 你的书已经寄出去了。

2. 你在那边没有把杆,就做把下练习,主要做一下擦地、蹲、一位、二位、控制,动作可与把上相同。

3. 我每晚的确是看台湾的电视剧《路长情更长》,你就放心好好睡觉吧。

4. 你走后,我每天都做饭吃,面条或米饭,我都不出去吃饭了,我想要攒多多的钱好早点退休与你去团聚。

5. 我的感冒完全好啦,你放心吧。

6. 我总是忘了吃维生素,刚才看完信,我已找到维生素了,今晚就吃。

好了,我的工作汇报完了,该上课啦,回来再说。对了,我有一个新想法,以后,我不准备集中写信,而是一有想法就写给你,你看好不?

3月5日下午6时

雨儿：

　　昨天本想上课回来再给你写的，结果院里大剧院晚上8:30审查节目，我就跑去看了。我和一些老演员站在最后一排，一边看节目一边听他们说"凉话"，真逗死人了。要说演员还可以，都是八五级和九〇级的，但是舞蹈编排太陈旧了，怪不得他们要说像出土文物了。我一边看节目，一边想，要是你在就好了，也可以一起看一看。

　　刚才小英来电话说才收到你的信，她很急于了解你们那里的情况，直说你给她的信没有实际内容，我告诉她，可能是你们刚到的原因吧，你和她姐姐你们俩都还没有进入角色呢。

　　好了，不多写了，早点寄出去，你就可以早点看到。爱你，我的宝贝女儿。

　　对了，有空给你老爸写封信，好吗？

　　祝

　　一切顺利

爱你的妈妈
3月6日早9时

雨儿：

你走后,我真的就没有了主心骨。每天惶惶然无所事事。经常想起我们在一起吵架的情景,我总是大声地骂你,还总是说一些"我以后决不跟你在一起过"的话等,现在我很后悔,其实,每逢周二和周三,我都把自己锁在家里,不见任何人,连门都不开,就等着你的电话。

雨儿,我太爱你了。真的,我仔细回想过,实际上52年以来,我就只爱过你一人。不过,当你知道我这心灵深处的情感后,千万别有任何思想负担,只要记住,妈妈,爱你。

3月8日

雨儿：

刚才电话里，你讲了目前工作有点困难，我听了后心里很不安，尽管你已经大了，成熟了许多，但是有些事情并不以人的意志而转移，是天注定的，你只要去看好的一方面就行了。女人在一起本来就有许多麻烦，再跟"女强人"在一起就有更多问题了，露丝应该是个女强人，我想你一定会处理好和她的关系的，记着，她身上一定有你要学习的东西，你看到那些就行了。

乖，妈妈相信你。

3月8日

小宝贝儿：

　　听到你发烧，我干着急也没有办法，你一点都不爱护身体。你总是要求我要注意身体，说是为了你，那你不爱护身体，又怎么讲？你说，这是不是你的错啊！

　　好了，妈不多写了，省得你没有精力看，一定要多保重身体，有事多写信！记住，妈妈爱你。

　　祝
　　春安

　　　　　　　　　　　　　　　　　爱你的妈妈
　　　　　　　　　　　　　　　　　3月11日晚

雨儿小宝贝儿：

　　妈妈实在太想你了。星期五那天中午在家实在无聊，就到门口转了转。文艺路地摊上的东西实在太便宜了，就咱俩穿的肉色袜子一元钱一双，过去你五十元、六十元一条的皮带，现在一律十元一条。可惜我什么也不需要啊。现在下岗人员这么多，实在令人担忧。

　　西安现在的天气是5℃—15℃，晴。可人们还是穿着过冬的衣服，空气干燥，容易上火。你在那边也要注意，有机会到街上的茶叶店看看有没有菊花（白色那种），喝水时泡上一点，长期喝可以败火。

　　我每天从早到晚不出门，在家打扫卫生（开始还有兴趣）、做饭（我不出门吃饭是为了省钱给你打电话，嘘，我就是这么一说，结果都是你打的）、看电视（我现在已经是电视大全了，什么都看）、打毛衣（成绩不大，到现在一件也没有打好），到了18：30就去上课，下课回家等你电话。你看，我孤独不！不过，我能忍耐，因为现在的忍耐是为了以后我们愉快的生活，对吧！

　　雨儿，人的命运是掌握在自己的手中的，因此，不能随性而为，你说对不。这两天看书，在书上看到一段话引用了三国时期魏人李康《运命论》中的一段话"木秀于林，风必摧之；堆出于岸，流必湍之；行高于人，众必非之"，这三句比较冷僻的话语，对于我们母女来讲，如果

好好吃透,那么对于大千世界的一切困难就会不气不馁了。对不对?我老了,现在是你们的时代,想做到最好,就要有承担和应对一切比别人更大的阻力的心理准备。我知道这很难,但我相信你行的。

　　雨儿,昨晚在电视里看到一条广告,说有一种减肥的东西,只要闻一闻就可以了,一块是286元,我明天去看看,如果好,我给咱们俩一人买一块好吗?

　　就到这里吧。

　　祝

　　一切顺利

　　　　　　　　　　　　　　　爱你的妈妈
　　　　　　　　　　　　　　　3月16日

雨儿，近好！

　　工作顺利吗？手机不用，以后好多知心话儿就只能靠书信传达了。

　　近一周来，晚上总是梦到你，而且每次都是你八九岁的样子，你说奇怪不，有一次竟然是哭醒的。

　　我梦到，也不知自己是到什么地方去演出，回来后找不到开门的钥匙，我们还像是住在中楼老房子里，我把提包里的东西倒了一地也找不着，好像身边站着田玲玲，她说：推一下门看看。我一看门果然没有锁上，一推门，看见你睡在床上，床靠着窗子，穿的是你小时候那件白色兰花上衣，咖啡色的裤子，没有盖被子，我一把抱住你，你的小手都凉了，我就哭了……后来就哭醒了。

　　真的，我很想你，不知你到底在外边工作顺利不？身体是否健康？一个人出门在外要多注意身体，身体是本钱。

　　我一切都好。就是西安的天气有点反常，一下子降了15摄氏度，大家把冬天的衣服又都拿了出来全穿上了。我还可以，每天不出门，在家看电视、打毛衣。我的红毛衣已经打好了，现在正帮你打你没有打完的白毛衣。

　　好了就写到这儿吧，要上课了。

　　祝

　　春安

　　　　　　　　　　　　　　　　　　爱你的妈妈

　　　　　　　　　　　　　　　　　　3月26日

雨儿,近好!

想给你讲一件带有好兆头的吉祥之事,咱家的那盆君子兰,从你走后就一直开小花了,到现在1个月20天,也就是50多天了,还开着呢,你知道为什么吗?是花神感谢你,救活了君子兰呢。还记得吗?这盆花在客厅里的地上放了一个冬天,我都准备把它扔了,结果你把它搬到花架上,浇了一些水,它就又活过来了,还很快出了花蕾,对吧,还记得吧?由此可见啊,我们不能忽视周围任何的一切细小的事物,每件事我们都要用善良的心、用爱心去对待,你看,结果多好啊!

刚才东东来电话说,看到云层很厚,担心天气变化,要我多注意保重身体,我很感谢他。

孙亮从你走后也来过3次电话,他说下次跟勇男约好一起来看我。

对了,勇男到家里看过我两次,打过两次电话。他为了"炸弹人"到解放路去过,结果不是解放路的货,解放路不卖电脑盘。上午他到咱家来,我们俩一起呼徐永红,结果徐永红没有回电话。中午勇男去的解放路,下午徐永红回电话的时候,勇男已经回来了,他这两天还忙着考公务员,另外,新局长刚到任,他要忙活一阵子呢。

徐永红没有回电话我不怪他,小燕刚刚回来,家里可能太忙。以后我想，我的事情我自己去处理，你不要找他来帮我，你看行不？不要把我的事情强加给别人，这样我自己觉得不好意思，人家也觉得不方便，我不想太麻烦别人呢。你说好不好！

好了，今天就这样吧。

祝

春天快乐

爱你的妈妈
4 月 10 日

雨儿,想你了。

刚才我正在看电视,总觉得门房有你的来信,这种感觉使我不能集中精力看电视,于是,我关了电视机到门房一看,结果什么都没有,真使我失望。正要转身离开,就听老黄叫我:"张老师,里面桌上报纸里有你一封信!"我高兴地一边朝家里走一边看,你看我真是迫不及待了。看到你的一切顺利时,我好开心。其实,妈妈对你要求的并不太高,只求你敬业、身体好、早点遇到一个如意的郎君就行了。

我一切都好。你走后,本来就没有多少家务活的家,也依然如故,还是没有多少家务活。呵呵。因为太空闲,就在3月底,我又订了一份《华商报》。每天多了一份报纸可看,也就多了两个小时有事可做了。小磊还惊讶地问:"你说订就订了?"我笑着回答她:"一天不学习就赶不上你姐了。"嘿嘿。

不过话说回来,《华商报》还可以,一年只有120元,内容很丰富,消息快而准,我总是笑称它是西安的"是非报"。

对了,我上周鼻子里起了一个火疖子,有个家长给我了几个干青果,我每天泡3个小的,3天后就好转了,我已经给你也买了一些,如果小英去你那里,我让她带给你好吗?

好了,就写到这里吧。

祝

工作顺利

身体健康

           妈妈

          4 月 12 日

雨儿，近好！

近日来，家里发生了许多事情，本想早点给你写信，可一件事情完了又发生一件事情，真可谓接二连三吧。

第一件事情就是上周四半夜时，我被家里的一种声音吵醒，仔细听，好像是木板的声音，我起来在你房子和别的房子看了一遍，结果什么也没有。我就又睡，谁想到隔了一会儿又响起来，我接着起来看，就这样闹了一夜。天亮后，我想这可能是老鼠。第二天凌晨2点15分，我被弹簧声音吵醒，我没有动，并且感到身体很麻木，好像是长时间没有翻身的原因，后来，我还是起来去几个房子看了又看，并且点了炷香，这样后半夜才相安无事。星期五我把这件事情说给了付磊的奶奶，她星期一和付老师一起来给我处理一下（民间方法），又给我送了一块蓝田玉做的观音头像，近几天才相安无事了。

第二件事是我看了一个超级大片《泰坦尼克号》，非常好，艺术性较高。不管故事是否真实，单就场面之大、灯光摄影之美，是我近年来看过的影片之最。

第三件大事就是给你找护照，你这个小家伙，真是个害人精，你一天都不让我安宁。

你看，我这三件大事，是不是一下子让我忙了一周。你就不用埋怨我了吧。好了，就到此吧。

祝你心想事成！

爱你的妈妈
4月17日